COLLANA

RISCONTRI REALISTICI

- 3 -

AA.VV.

ANIME DI CRISTALLO

Frammenti di vita e parole

a cura di

Emilia Dente

con il contributo della
Regione Campania

Revisione del testo a cura di

Lorena Caccamo
Facebook: LoreCa Servizi Editoriali
email: loreservizieditoriali@gmail.com

Via Luigi Amabile 42
83100 Avellino
ass.riscontri@gmail.com

Sede legale: via degli Imbimbo 8/E
Sede operativa: via Luigi Amabile 42
83100 Avellino
tel. 340/6862179
e-mail: terebinto.edizioni@gmail.com
www.ilterebintoedizioni.it

INDICE

Prefazione

Animе fragili, i protagonisti dei racconti della raccolta antologica del Concorso Riscontri Letterari 2022. Anime fragili come cristalli, e, come cristalli luminosi, forgiati dalla vita, essi rivelano un cuore roccioso e forte. Anime che scintillano nei ricordi vivi e si tormentano nei rimpianti opachi.

Uomini e donne irretiti nella intricata tela di amori difficili, di storie smarrite, di laceranti pensieri. Esseri confusi al crocevia di scelte importanti. Creature inquiete, molto spesso turbate e inermi, vittime e spettatori al cospetto di una società indifferente che tutto travolge nella sua frenetica corsa e al cospetto di un destino spesso inesorabilmente impietoso e ingiusto.

Dalle righe affannate grondano emozioni. Nel chiaroscuro della scrittura si animano uomini e storie, magistralmente delineati dai nostri pregevoli autori che rivelano sfumature ed essenza del narrato, spesso condensandolo in pochi, potenti tratti.

Lo sguardo "*posato sul nulla, leggero come vapore*" la "*mano di piuma*" con la leggerezza del vuoto e dell'assenza e il dialogo muto di una nonna con la nipote nel racconto di Rubina Valli, incarnano ed assottigliano il cerchio della vita nella trama lacera di un destino doloroso.

Lo sguardo assente, il male strisciante ed oscuro che si impossessa di Sara e sfida il calore del sole e dell'affetto che la tiene alla vita, nel racconto di Manuela Fucci e gli occhi cupi del marito che la vede allontanare e spegnersi, mentre sull'orlo dell'abisso si rende conto che non sempre l'amore può bastare.

La magia di una notte stellata nel racconto di Carolina Zanotti, la forte carica simbolica del fuoco che rischiara il buio e purifica i pensieri. Tanti gli spiragli tremuli da cui emerge l'anima di carne e di carta che vive e si racconta nel cammino delle pagine.

Non solo il dolore, il tempo, la vita con il suo inevitabile carico di difficoltà e sofferenza lacerano l'animo fragile di questi personaggi e costruiscono le trame intense di questi racconti, ma pure altri sentimenti, e tra essi l'amicizia e l'amore soprattutto. L'amore perduto, svanito, rimpianto o mai vissuto, incenerito in una spirale emotiva dolceamara dove vengono illuminati pure tanti risvolti negativi del sentimento amoroso. La carne e il sangue del cuore palpitano in queste pagine e scorrono nelle vene calde di questi racconti.

In questo comune percorso tra fragilità, coraggio e dolore, elemento di serenità e conforto, balsamo alle ferite antiche, sembra essere il contatto con la natura, che rappresenta un atavico ritorno alle radici profonde in grado di rasserenare l'animo e offrire linfa vitale per riprendere il cammino.

Un florilegio letterario interessante e vivo. Racconti coinvolgenti che indagano il groviglio dei sentimenti che agitano l'animo umano e scendono nelle profondità tormentate dell'essere, riuscendo poi a tracciarle nel silenzio del foglio bianco. La potenza emozionale del contenuto narrato, la struttura stilistica solida, la tecnica narrativa diretta e scorrevole, il linguaggio asciutto e coinvolgente, le immagini vivide e "palpabili" sono tutti elementi che rendono appassionante e significativa questa opera. In un riverbero inquieto si illuminano come cristalli le pagine corpose irradiando di luce ed emozione l'animo del lettore.

Emilia Dente

Come sassi

di Manuela Fucci

Quella prima ora del pomeriggio in città, all'ultimo piano della palazzina bianca nel quartiere residenziale, è l'ora giusta. Il silenzio sveglia Sara.

A poco a poco la luce autunnale tinge di oro e rosso la stanza, sfidando le finestre chiuse tirate a lucido da Elena che aveva protestato giorni addietro contro gli aloni sui vetri.

I raggi che filtrano nella stanza fanno una specie di cappa di calore e, sebbene Sara abbia dormito senza le lenzuola, avverte la calura amplificarsi per poi posarsi sulla pelle diafana del corpo e così, prona, pare che la spina dorsale stia per bucarle la schiena.

– Ora mi alzo, giuro – ripete a se stessa o forse a Elena che non può sentirla dalla cucina al piano terra.

Vorrebbe sollevare prima il capo, ci prova contro un senso di pesantezza all'altezza della nuca che la costringe a cedere al primo tentativo; prova di nuovo con i gomiti, ancora nulla, come se durante la notte avesse portato addosso il peso di tre quattro sacchi di sabbia bagnata.

Si volta dall'altro lato, quello dove ogni notte dorme lui, suo marito, il solito Tommaso: è un posto vuoto.

Se non si alzerà subito da quelle lenzuola, è quasi certa che lui si materializzerà sotto la porta. Decide di mettersi seduta.

– Adesso mi alzo, è pronto il caffè? – A stento riesce a sentire la propria voce, come se lo stesse chiedendo a qualcuno nella stanza.

Allunga la mano verso la poltrona lì accanto e tira via la sua vestaglia Kimono nera, quella che Tommaso le ha portato dal viaggio di lavoro a Tokyo, ma come ogni giorno dimentica di allacciare la cintura e allora le sue costole si possono contare una ad una, le ossa del bacino fanno eco a quelle della schiena.

Si blocca davanti allo specchio e ci vede riflesse le ombre della sua vita, lanciate verso di lei come sassi nello stagno; li segue mentre cadono sul fondo melmoso dei pensieri, fino a non riuscire più a distinguere gli uni dagli altri.

La sua pelle appare lucida, come se qualcuno si fosse preso cura di lei ogni giorno, mattina e sera, pulita, lavata e cosparsa di creme costose, pettinato i capelli e all'occorrenza tagliati e messi tutti in riga.

Poggia prima un piede, poi l'altro insieme ai lembi della cintura slacciata che sfiorano il marmo verde.

– Signora – Elena le va incontro sulla seconda rampa di scale verso gli ultimi gradini. – Che fa? Non... – blocca le parole con la mano sulla bocca, sa che non deve usare certe frasi, il medico ha vietato di riportare Sara alla realtà se non è lei stessa a rendersene conto: bisogna assecondarla per quanto possibile, seguire il filo dei suoi discorsi, aiutarla senza che lei si accorga che, in realtà, è una forma di assistenza, fisica e mentale.

Si avvicina alla donna con passettini mentre agita le mani grassottelle intorno alla vita, facendo scivolare più volte la cintura di seta lucida. Alla fine riesce a fare due giri intorno al corpo di Sara.

– Venga, ho appena versato il caffè nella sua tazza preferita.

L'altra guarda attraverso Elena, come se riuscisse a vedere da quella posizione il top in marmo e la tazza rossa sbeccata. – Sì, me la ricordo, mi piace, mi fa pensare al Natale.

Elena la tiene per mano e con cautela arrivano alla fine di quegli ultimi scalini che separano la vita reale dalla vita di Sara, chiusa nella sua camera senza odore e priva di rumori; l'unica immagine a rammentarle che lì fuori c'è il mondo, sono le finestre.

Sara si solleva sulle punte e si lascia andare sullo sgabello di pelle. Appena si siede, i pistoni fanno un leggero soffio, prima giù e poi verso l'alto. Elena le ronza intorno come un'ape operaia che serve la sua regina: tra tazzine di caffè, contenitori di vetro con dentro varietà di cereali, una tovaglietta all'americana blu.

Sta con loro da dieci anni, da quando Sara e Tommaso si sono sposati e hanno comprato quell'enorme casa. Si è trasferita nella stanzetta al piano terra, accanto alla dispensa, poco dopo che Sara ha dato segni di debolezza. Da allora sono diventate inseparabili. Dal canto suo, Tommaso, ha ripagato generosamente l'impegno e la dedizione della donna.

Elena ricorda il momento preciso in cui ha visto una luce diversa colpire e fermarsi negli occhi di Sara e come una madre che capisce tutto dei propri figli, allo stesso modo aveva visto l'inizio della fine: quando le altre signore, le mogli dei rispettivi amici, erano rimaste incinta, chi uno, chi due e Francesca persino tre figli.

– Vorrei provare a uscire oggi, è il giorno adatto, mi sento meglio.

Le parole di Sara rompono il silenzio e fermano Elena all'istante.

– Sarebbe una buona cosa, oggi è una di quelle giornate autunnali che viene voglia di stare per strada.

– Vorrei prendere dei fiori e metterli nel contenitore di vetro, quello dei biscotti. Mi piacerebbe guardare gli steli dentro l'acqua pulita.

– Magari potremmo fermarci a comprarne proprio qui all'angolo, sono giorni che vedo un signore con il carrettino. Dopo le va se preparo una cenetta speciale? Lei e Tommaso potreste mangiare qui e guardare le luci della città.

– Forse non è una buona idea uscire. – Sara fa cadere le spalle in avanti, il viso pallido. – Mi sento improvvisamente stanca. – E mentre lo dice chiude le gambe, poi le copre con i lembi del Kimono e riprende a guardare il cerchio nero dentro la sua tazza rossa sbeccata.

Di nuovo, da quella stessa strada lontana in qualche luogo della sua mente, pensa in automatico a Tommaso, l'ultima volta che sono stati insieme lui le ha confessato il suo sincero e immutato amore, rassicurando forse se stesso di amarla e desiderarla con la stessa intensità di quando erano fidanzati. In quei momenti avrebbe voluto ferirlo e togliergli la convinzione di avere ancora una certa presa su di lei, magari rivelandogli di essere stata con lui solo per provare a restare incinta, ma sarebbe stato un colpo a vuoto. Tommaso non può darle dei figli.

Quando aveva introdotto l'argomento con un'amica, sedute a sorseggiare in un'anonima tazza il caffè bollente, l'altra le aveva insegnato come *occorre* regolarsi nella vita di coppia: "*Cara, i matrimoni si mantengono in piedi grazie ai tradimenti! Non essere ingenua, in ogni coppia c'è un segreto di questo tipo, altrimenti sai che noia! Vivere tutti i giorni con la stessa persona e sopportare ogni piccolo particolare senza concedersi un'alternativa*".

– Elena, come vorrei essere morta. – La voce è piegata dalla sofferenza, due cerchi profondi si fissano intorno agli occhi mentre mordicchia le labbra secche e scuote i capelli che alla fine ritornano sulle spalle e fanno apparire il viso ancora più malato.

– Signora, ma come le viene in mente di pensare alla morte in una giornata così bella? Ha visto che luce entra dai finestroni? E pensi se non li avessi tirati a lucido così bene.

Elena riconosce una certa stupidità nelle parole appena dette, eppure parla per prendere tempo mentre spera che da un momento all'altro la porta d'ingresso faccia rumore di chiavi ed entri Tommaso a darle una mano.

Sara accenna una risatina nervosa e fa scivolare all'indietro i capelli.

– Il mondo continuerà anche senza di me, Elena, siamo sincere, chi vuoi che si accorga dell'assenza di una persona tra milioni, di una goccia nel mare, io sono come questa tazzina: fuori contesto, sempre la stessa da troppi anni, mi sono sbeccata più e più volte. - Fissa il fascio di luce che cade sul pavimento. – Io intanto soffro e nessuno sa quanto.

Il corpo di Elena è in preda a brividi incontrollabili, da sola, incapace di tenere testa a quei ragionamenti mentre i piedi nelle pantofole battono ritmicamente sul pavimento, le mani si contorcono, come se volesse scappare via da un momento all'altro.

Mentre cerca una via di scampo, la porta di casa fa rumore di chiavi, un suono che entrambe le donne conoscono bene e mentre Elena riprende le forze, Sara viene catapultata nell'angoscia.

– Buonasera! Non l'aspettavamo così presto. – Elena si rivolge a Tommaso con un tono inusuale, parla a voce alta come se stesse recitando una parte davanti al pubblico.

Tommaso le risponde dallo stesso copione: – Buonasera, Elena. – Lascia cadere la ventiquattrore sul pavimento senza piegarsi. – Ho dato a tutti una mezza giornata libera, non riuscivo a stare fermo sulla sedia, oggi. – Vede Sara, la guarda come se un caro redivivo si fosse presentato a casa per fargli una sorpresa. – Che il lavoro aspetti, ho cose più importanti qui.

In realtà Tommaso è affogato dagli impegni in questo periodo: un collega è passato alla concorrenza e si è portato via l'intero pacchetto clienti, almeno quelli di maggior peso economico, lasciando alle spalle solo briciole e preoccupazioni, troppo per restare tranquilli. Briciole da cui ripartire.

Tommaso è ancora all'ingresso, continua a fissare sua moglie seduta.

Le dita lasciano cadere nello svuota tasche le chiavi dell'auto, la valigetta di pelle è ritta accanto ai tubi portadisegni che Sara usava per trasportare i progetti dai clienti, quando lavorava come architetto. Anche l'appartamento è frutto del lavoro di Sara.

Elena non sa a chi o a cosa dare la precedenza: Sara, Tommaso o il proprio imbarazzo. Prova ad attirare l'attenzione dell'uomo con le mani e gli indica la dispensa per fargli capire che deve allontanarsi. Solo quando lui annuisce, scappa sempre a passettini. Si sente rumore di oggetti, pentolame che viene preso e spostato, qualcosa cade mentre Elena parla tra sé, la voce arriva ovattata.

Ora sono soli.

La bacia sulla testa e poi le accarezza la spalla; la donna gli prende la mano e Tommaso può sentirne tutto il gelo.

– Tom, tu mi ami, vero?

– Sì, e ti trovo sempre bellissima, come la prima volta che ci siamo incontrati.

– Cosa ti piace di me?

– Cosa intendi?

– Fisicamente, cosa ti piace di me, cosa ti attrae?

Tom tira un sospiro, lo fa mentre guarda verso l'albero rossastro sul marciapiede di fronte, ha bisogno di qualche secondo per richiamare il ricordo del loro primo incontro, è comunque stanco.

– È difficile spiegarlo, è un insieme di caratteristiche che hai.

– La parte che ti piace più di me?

– Gli occhi, lo sai – Tommaso non esita, è la stessa risposta alla stessa domanda, da sempre.

Lui e Sara si sono conosciuti durante una cena di beneficenza: lei ci era andata per accompagnare i suoi genitori. Tommaso, invece, ci era andato da solo, scommettendo che se ne sarebbe scappato di lì a poco: quegli eventi formali lo annoiavano.

La guarda, è ancora immobile e tesa come una lenza. Non può fare a meno di pensare che sta accadendo quello che uno non si aspetterebbe dalla vita o non vorrebbe accadesse mai.

Nell'ultimo anno del loro matrimonio, Tommaso aveva visto la donna che amava scivolare lentamente nell'oblio, lontano da lui e verso una strada che solo lei riusciva a vedere. Aveva visto il cambiamento negli occhi ambrati di Sara, la dolcezza del suo sguardo aveva lasciato il posto a movimenti febbrili e duri, la voce si era persino trasformata e a volte emetteva un suono stridulo che partiva dalla gola.

Si era parlato molto della salute di Sara, soprattutto i medici. Se avessero chiesto a lei, avrebbero capito che si era semplicemente scheggiata, come un giocattolo che è caduto a terra e per questo perde un pezzo, e quel pezzo è finito in un angolo nascosto.

– Ti ricordi le nostre passeggiate nei parchi?

– Sì.

– E poi noi che ci fermiamo in una sala da tè a ordinare una cioccolata calda.

– Sì, anche quello ricordo. – Tommaso sta per scoppiare. – Mi vuoi dire qualcosa Sara?

Sara a quel punto si volta di scatto e lo fissa con occhi supplichevoli, le labbra tremano, gli occhi si bagnano, intanto il sole incomincia a calare.

– Tom, oggi ho pensato alla morte, non mi era mai successo, ma oggi vorrei essere morta.

– Cosa ti renderebbe felice, aiutami a capire! – Il tono è alterato, sono entrambi spaventati dall'abisso.

Sara sospira, poi riprende il tono da bambina, incespica nelle parole, riesce solo a dire: – Andare via da qui.

Il sole sta calando dietro le palazzine del quartiere, la luce si sta indebolendo.

I capelli rossicci di Sara adesso sembrano foglie autunnali sparpagliate sul suo corpo esile e tormentato; gli occhi continuano a fissare verso il vetro della finestra.

Ormai è rimasto solo il corpo di Sara in quella stanza, tutto il resto, la sua anima, la sua essenza, è volato via.

– E sia – Tommaso sembra arrendersi.

– Davvero?

– Sara, siamo stati felici, ci siamo amati per tanti anni, è stato indescrivibile trovarti quella sera, ma ho sempre pensato che tutto sarebbe finito prima o poi, come una premonizione, non voglio tenerti qui se non vuoi. Anzi, perché adesso tu ed Elena non salite in camera e magari, insieme, preparate le cose che desideri portare con te. Io resto qui, ho delle telefonate da fare, non mi muovo e tu non avere fretta, è quasi sera.

Sara si alza, prima una gamba poi l'altra, sembra un grillo che cerca equilibrio sullo stelo; la vestaglia le cade sulle gambe e si apre leggermente sul davanti, si mostra a Tommaso nella bellezza e nella magrezza del corpo.

Corre verso la stanza della sua Elena, dà due colpi di nocche, la chiama. Elena, che probabilmente era rimasta in piedi per tutto il tempo, apre subito.

– Elena, senti, prendiamo la valigia di velluto verde bottiglia, quella che mi piace tanto! Poi la mia cappelliera color glicine e tutte le vestaglie, lo sai che non posso separarmi dalle mie vestaglie!

Elena annuisce con un mugugno mentre, di sottecchi, guarda l'uomo in piedi accanto al divano.

Insieme, le due donne salgono le scale di marmo e si dirigono mollemente come due anziane signore verso la camera da letto mentre Sara continua a fare progetti a voce alta, incapace di prendersi cura di quell'uomo che ha lasciato al piano terra a dissanguarsi.

Tommaso si abbandona sul divano, butta la testa indietro, sembra voler offrire la gola a qualcuno; apre altri due bottoni della camicia, la testa gli scoppia, il fiato si fa di nuovo corto, vorrebbe strappare via quella stupida divisa da lavoro e restare nudo per far respirare ogni poro della pelle.

Non riesco a pensarci adesso, ho solo bisogno di chiudere gli occhi, cinque minuti, davvero, solo pochi minuti e dopo sarò di nuovo in piedi. Ma ti prego, Dio, dammi solo cinque infiniti minuti.

Carnet di ballo

di Vittorio Martucci

Sedette adagio sulla panchina di fronte al mare. Si era levato il libeccio e ammassava nuvole che, al tramonto, si andavano tingendo di rosso. Faceva un po' freddo in quella fine di settembre e il colonnello Rostagni avvertì il primo brivido dell'autunno. Due passanti si erano fermati presso di lui e discutevano a voce alta.

– Pare che vogliano trasferire qui a Sanremo quella manifestazione canora di Viareggio, sì, quel festival, come si dice adesso.

– Mah, purché serva un po' a rilanciare il turismo e, soprattutto, purché duri. Oramai con il commercio dei fiori...

I due si erano allontanati conversando e Maurizio Rostagni non era riuscito più a sentire cosa dicessero. Si immerse nei propri pensieri e riandò col ricordo agli avvenimenti degli ultimi anni: la prigionia, la fine della sua Amalia, il congedo definitivo. Proprio in quei giorni, da Pavia si era trasferito nella cittadina ligure dove, con la famiglia, abitava la figlia Luisa, che lo aveva voluto accanto a sé e lo aveva accolto con grande affetto, così come il genero e la nipotina. Ora era in procinto di tornare da loro, perché il vento si era fatto molesto.

Restò ancora qualche minuto ad osservare il mare che si incupiva; finalmente si alzò con un po' di fatica e si avviò verso casa.

L'ultima eco dell'ultima cannonata si era dileguata rimbalzando lungo le colline e morendo poi nella vallata, dove scintillava tra il verde il pigro nastro del Volturno. Il colonnello Pastrengo si mosse dalla sua postazione dove aveva osservato le ultime manovre e raggiunse il capitano Todeschini.

– Bene, capitano, ottima dimostrazione. Occorrerebbe, però, migliorare quelle triangolazioni tra le bocche da fuoco e definire meglio la linea dei mortai. Faccia le congratulazioni agli altri uffiziali, ai sottuffiziali e alla truppa: doppio rancio e libera uscita per tutti.

Si mosse col passo marziale che gli era consueto; poi sembrò ricordare qualcosa e tornò indietro.

– Dimenticavo, capitano, e ne faccia parola anche ai suoi colleghi, i capitani Longo e Rossetti, nonché a tutti gli uffiziali subalterni, che domani sera è previsto il gran ricevimento con ballo in onore di Sua Altezza Reale il conte di Torino, cugino di Sua Maestà il Re, che ci ha fatto l'alto onore di presenziare alle nostre manovre. Ora ha dovuto accomiatarsi per altre importanti incombenze ma domani non mancherà e sarà nostro preciso dovere rendergli il nostro deferente omaggio.

– Agli ordini, signor colonnello – esclamò Todeschini, battendo i tacchi. – Nessuno fra noi mancherà, tassativamente.

Quando l'altro si fu allontanato, Todeschini stette per un po' ad osservarlo e finalmente poté dare sfogo ad una risatina, ripensando a quell'"uffiziali" che Pastrengo sfoggiava di continuo.

A casa venne ad aprirgli la nipotina Valeria, di dieci anni, nata proprio il giorno della proclamazione della guerra e che di quella giornata aveva assorbito un certo piglio guerresco che la faceva apparire come un maschiaccio... ma un maschiaccio simpatico.

– Nonno, cosa mi hai portato di bello?

Lo aveva preso alla sprovvista ma fu abile a parare il colpo.

– Nulla, perché domani voglio portarti con me, così sceglierai tu il tuo regalo.

Dalla cucina gli giunse la voce della figlia in faccende.

– Valeria, smetti di dare fastidio al nonno e prima di cena metti a posto le tue bambole che lasci sempre in giro. Per fortuna tra qualche giorno ricomincia la scuola e si cambia registro. Papà, piuttosto, hanno portato dalla stazione un ultimo tuo baule. Ho dato una mancia ai facchini e l'ho fatto mettere nella tua camera. Mi sono permessa di dare un'occhiata: non credo che sia roba importante, ma vedrai meglio tu.

Ringraziò Luisa, sempre premurosa ed efficiente, e si ritirò nella stanza che gli era stata riservata; voleva indossare qualcosa di più comodo per la cena. Scorse il bauletto che era stato sistemato ai piedi del letto: quell'aggeggio lo aveva accompagnato in tanti trasferimenti. Non seppe resistere alla tentazione. "Vediamo cosa ho ficcato qua dentro, non ricordo proprio più", pensò sollevando il coperchio armato di borchie.

Erano davvero cose di poco conto: qualche copricapo militare, qualche album di vecchie foto, una scatola con lettere ormai sbiadite che aveva conservato per la sua mania di non buttare via mai niente. Si era seduto e aveva cercato di trarre a sé quel contenitore di cartone alquanto malandato. Nello sforzo erano sgusciati sul pavimento buste e foglietti vari. "Cosa ho combinato" si rimproverò, cercando di raccattare il mare di missive. Erano per lo più lettere che aveva inviato alla sua Amalia da posti lontani; quelle doveva conservarle. Gli capitò tra le mani una busta più piccola delle altre. Era ancora chiusa e recava una scritta ormai sbiadita. Cos'era mai? Non ricordava di averla vista prima. Accese la lampada sul tavolo, inforcò gli occhiali da lettura ("ah, questa benedetta vista, siamo proprio diventati vecchi") e si sforzò di decifrare l'indirizzo ormai quasi illeggibile: *Egr. Sottotenente Maurizio Rostagni. Caserma Pianell. - Città - S. P. R. M.*

Era indirizzata proprio a lui, indirizzata a lui e proveniva da un passato estremamente lontano. Cercò qualcosa per aprire la piccola busta. Il biglietto che vi era contenuto si spiegò con difficoltà, evidentemente perché trattenuto in quell'involucro per tanti anni. Non vi erano molte parole: *Amore mio grande, ti vedrò finalmente al ballo. Poi sarò anche pronta a fuggire con te. Tua per sempre. V.*

Un'onda lunga di ricordi lo assalì all'improvviso e quei ricordi erano dolci e amari allo stesso tempo.

– Eulalia, indovina chi ho incontrato ieri. Mio cugino Giuseppe, Giuseppe Grignola. Da ragazzi abbiamo spesso giocato insieme; si era poi dimostrato un giovane molto studioso, anche dotato di una certa ambizione.

Indovina un po': è nientemeno che il nuovo prefetto. Che carriera. Ma la cosa importante è che mi ha omaggiato con qualcosa che ti farà certo piacere: un invito al gran ballo per il mese prossimo. Mi hanno detto che ci sarà qualche principe di casa Savoia. Dovremo tutti e tre essere all'altezza della situazione. Mi toccherà farmi confezionare un frac; ma anche voi due vi voglio belle ed eleganti. No, Mirella, la nostra secondogenita è troppo piccola e rimarrà a casa, magari con tua mamma. Mi riferisco a Virginia, che così avrà modo di festeggiare degnamente i suoi diciott'anni (sono fra dieci giorni, giusto?) e, chissà, magari di trovare un buon partito. Al diavolo la miseria. Dopo tutto, sono o non sono il direttore della Scuola Normale?

Il professore Giacinto Spagnoli tacque, finalmente. Non aveva mai fatto un discorso così lungo. La moglie assentì con garbo e si limitò a dire: – Certo, caro, non ti faremo certo sfigurare. Ho già in mente qualche acconciatura adatta. Le mie amiche moriranno d'invidia, soprattutto la Ruggeri, che si dà arie di gran dama, ma non credo sarà invitata.

Anche il terzo membro della famiglia chiamato in causa provò una grande gioia per quell'invito inaspettato. Virginia Spagnoli era una dolce ragazza di calma e radiosa bellezza. Si era da poco diplomata col massimo dei voti nella scuola diretta dal padre ma non aveva avuto bisogno di alcun trattamento di favore, anche se qualche compagna invidiosa affermava il contrario.

Virginia provò gioia ma non si può dire che fosse in cerca di un buon partito. La fanciulla riteneva di aver già raggiunto su questo argomento il colmo della felicità. Quel giovane ufficiale, che le si era presentato in un luminoso mattino, coi suoi incontri furtivi ma appassionati, aveva completamente conquistato il suo cuore. Si erano detti parole romantiche all'ombra dei viali ombrosi, si erano promessi amore eterno al suono gorgogliante di una fontana. Ritenevano infine che quella festa giungesse a proposito per coronare il loro sogno.

– Virginia, mia adorata, ci incontreremo al gran ballo e dopo saremo pronti a fuggire insieme.

– Mio dolce Maurizio, dove vorrai andar tu verrò anch'io.

Perché poi fosse necessaria una fuga è difficile da capire ma le idee degli innamorati sono per lo più difficili da capire.

Virginia si preparò coscienziosamente alla festa e, quando la sera del gran ballo venne, sarebbe stato difficile incontrare una dama più affascinante, adorabile e raggiante di lei. A questo senza dubbio contribuiva il suo abito: una grande campana rosa che si apriva verso il basso con una cascata di fiori applicati, anch'essi rosa ma di un'altra tonalità; sul capo un diadema di fiorellini intrecciati completava la sua acconciatura. Chiunque lo avrebbe riconosciuto: la sua bellezza e la sua grazia ne facevano davvero la reginetta della festa.

Quella sera tutta la cittadina era in fermento. Il corso e la Piazza dei Giudici, antistante al Palazzo comunale dove si sarebbe celebrato l'evento, furono chiusi al traffico per poter accogliere le carrozze che giungevano numerose. Si notavano anche due di quei nuovi marchingegni con motore detti automobili e che non si era ancora deciso se fossero di genere maschile o femminile.

Virginia, accompagnata dai genitori, fece il suo ingresso nella vasta sala e tutto quel tripudio di luci, di decorazioni, di ornamenti floreali la inebriò.

L'orchestra intonò la Marcia reale. Vi fu un attimo di sospensione. Poi fece il suo ingresso Vittorio Emanuele di Savoia-Aosta, conte di Torino, accompagnato dal generale Zuccari. Egli si soffermò per qualche minuto a parlare con il prefetto e col sindaco, si produsse in un galante baciamano con le dame più altolocate della festa, infine, con passo marziale, lasciò la sala. Le danze potevano avere inizio.

Molti cavalieri si erano accalcati intorno a Virginia, desiderosi di ballare con lei ma sul suo carnet c'era prima di tutti quel nome: la prima danza doveva essere con lui, avrebbe atteso la sua venuta e fino a quel momento gli altri avrebbero aspettato, rispettando l'ordine che la fanciulla aveva registrato sul suo cartoncino.

Le danze fervevano, i dinieghi di Virginia si erano fatti numerosi ed erano divenuti sempre più imbarazzati. Ma lui doveva venire, non poteva mancare alla loro festa, quella che sarebbe stata il preludio alla parte più piena e più intensa del loro amore.

Ma il tempo passava, tutti gli altri ufficiali erano da tempo sfilati con le loro eleganti uniformi, alla fine ogni attesa fu vana. La ragazza, con il viso in fiamme, le lacrime pronte a spuntare, trovò rifugio in un'attigua saletta dove si recavano tutti quelli che desideravano un po' di quiete dalla frenesia delle danze. Lei sedette su di un divano e prese a contorcere quell'inutile cartoncino dove era scritto quel nome. Ma lui aveva ricevuto il suo biglietto? Infine si alzò, raggiunse il padre, che stava conversando amabilmente con un capitano dei reali carabinieri, e con voce alterata poté solo mormorare: – Papà, ti prego, torniamo a casa, non mi sento bene.

Elena Arcidiacono, di agiata famiglia romana, aveva sposato il capitano Rossetti perché attratta dal fascino della divisa e anche da una certa prestanza dell'uomo. Ma la felicità dei primi momenti fu presto sostituita dal tedio e dalla monotonia. Spostarsi da una guarnigione all'altra, in posti spesso di provincia, avere a misurarsi con ambienti ristretti così diversi dalla capitale, la mancanza di una maternità che tardava a venire, tutto questo l'avevano intristita e resa apatica. Anche il fisico ne aveva risentito e, già prosperosa, rischiava d'ingrassare.

Tuttavia, in quell'ultima sede del marito pensò che il destino le stesse preparando una nuova occasione. Quel sogno improvviso aveva il volto di un ufficiale di nuova nomina che le era stato presentato al circolo del marito. Il suo istinto femminile non poteva sbagliarsi: quegli sguardi, il tono della voce e le poche parole che il giovane aveva scambiato con lei erano il segno di un interesse e di un'ammirazione che sembravano prometterle un insperato piacere.

Quell'ufficiale rispondeva al nome di Maurizio Rostagni.

"È possibile essere innamorati di due persone allo stesso tempo?" il bel sottotenente se lo chiese per un attimo ma poi lasciò fare alla sua esuberante giovinezza e proseguì nella sua duplice avventura: quella con la casta e trepida fanciulla e quella con l'attraente e annoiata signora.

Le resistenze di quest'ultima (seppur ce ne furono) furono presto vinte. Alcuni biglietti abilmente inviati di nascosto le dichiararono le appassionate intenzioni dell'altro, che finì per chiederle un più tangibile segno del suo amore.

L'occasione si presentò la sera di quel ballo fatale. Maurizio riuscì ad accordarsi segretamente con la dama che avrebbe fatta sua. Lei avrebbe finto un malessere e sarebbe restata in casa, mentre il marito si trovava comandato a presenziare alla festa.

– Caro, come mi spiace non poterti accompagnare, ma la mia emicrania è davvero eccessiva: cose di noi donne. No, non preoccuparti per me, tu va', va' pure, per te è un obbligo... e poi c'è di mezzo la tua promozione: non puoi deludere Pastrengo.

Maurizio si preparò come se avesse dovuto partecipare al tripudio generale. Poi pregò il collega Del Buono, l'altro sottotenente, di scusarlo presso i superiori: accampasse una scusa qualsiasi, magari che aveva un febbrone da cavallo, o qualcosa del genere.

Del Buono, che condivideva le sue confidenze, lo salutò con un sorrisetto.

– Va' e fatti onore. Ma cerca poi di fare atto di presenza alla festa. Non si sa mai, può sorgere qualche sospetto, qui le voci fanno presto a diffondersi.

Maurizio si allontanò. L'altro si ricordò: "Che stupido, ho dimenticato di dirgli che quando lui non c'era un ragazzo è venuto a portargli un biglietto. Bah, glielo consegnerò quando ritorna".

Maurizio si immerse nella profumata sera di giugno, verso la meta agognata.

Fu di ritorno verso le tre di notte. “Inutile andare al ballo” pensò. “Sono stanco morto. Non c’è che dire, la signora aveva da recuperare molto digiuno. Ora farò un lungo sonno, per quanto me lo permetterà il servizio. A proposito, Virginia, dimenticavo Virginia. Va bene, domani cercherò di vederla e mi farò perdonare con qualche parola affettuosa, con dei fiori che le piacciono tanto. Non mi mancherà il modo di addolcirla”.

Rispose al saluto della sentinella e s’introdusse nel buio della caserma.

Sei rintocchi si levarono dall’antica pendola ma la vecchia signora non si scompose dal suo sonnellino. Furtiva, una svelta figuretta penetrò nella stanza e si avvicinò alla poltrona del riposo.

– Ma come, zia, io vengo a farti visita e tu dormi? Lo so, stavi sognando il principe azzurro.

Finalmente l’anziana si era svegliata.

– Sciocchina, qui di azzurro c’è solo il colore dei tuoi occhi. Comunque, finalmente ti sei fatta viva; cattivona, non vieni mai a trovarmi.

– Come vedi, ora sono qui. Mi ha dato la chiave la mamma. Ti ho portato dei fiori, delle rose che a te piacciono tanto. Se trovo un vaso te le sistemo.

La ragazza si affaccendò per qualche minuto e predispose tutto. Poi si riavvicinò all’anziana e le diede un bacio mentre il suo giovane viso veniva attraversato da un’ombra: qualche turbamento sentimentale?

– Ma tu, zia Virginia, lo hai mai incontrato veramente il principe azzurro?

Le labbra della vecchia signora s'incresparono in un mezzo sorriso. Restò a pensare per un attimo.

– Sì, una volta, tanto tempo fa. Era bellissimo. Era un ufficiale. Avremmo dovuto incontrarci a un ballo, poi... – non seppe trattenere una risatina. – ... poi ci eravamo promessi di fuggire insieme. Che idea folle fu quella. Invece non si presentò e una settimana dopo fu trasferito altrove. Là, in un cassetto dello scrittoio, forse c'è ancora il mio vecchio carnet con il suo nome... non volli più rivederlo. Chissà che fine ha fatto.

– Ah, per questo non ti sei più sposata, confessa.

– Non so, forse, o piuttosto, sai, i casi della vita...

La ragazza stava già pensando ad altro.

– Zietta, ora devo lasciarti, viene una mia amica per studiare insieme. Ma tornerò, tornerò a trovarti, te lo prometto, e mi parlerai dei tuoi amori.

– La tua amica viene per studiare o per parlare di ragazzi?

La giovane si avvicinò alla parente e le stampò un altro grosso bacio sulla guancia. Rapida, si dileguò.

Imbruniva. Avanzavano le ombre serali. La vecchia signora tornò ad appisolarsi. In lontananza, da una delle cento chiese della cittadina, si levò il pianto di una campana. Nell'aria della stanza cominciò a diffondersi l'invitante profumo delle rose. Da uno dei fiori si staccò un petalo e si posò sul grande tavolo di noce. Senza far rumore.

Il posto ideale

di Ignazio Pallini

Erano le due e mezza di notte quando Marco e Chiara Giunti decisero di averne avuto abbastanza per quella sera. Presero le loro giacche, sfilandole da sotto il mucchio che si era venuto a formare sul letto della camera degli ospiti, salutarono tutti con malcelato disappunto e uscirono dall'appartamento quasi di fretta.

Le strade erano deserte e le luci dei lampioni quasi infastidivano gli occhi stanchi di Marco, oramai assuefatti a ore di buio e luci soffuse. Stringeva il volante con entrambe le mani, le nocche sbiancate nella presa stretta e nervosa e i pollici quasi a contatto tra loro, come se fosse lui a cercare un appoggio stabile piuttosto che l'auto a dover essere condotta.

– Allora, come ti è sembrata? – disse infine lei volgendosi a guardarlo.

Marco fece per parlare ma la voce non uscì. Si schiarì la gola con un colpo di tosse e sbatté più rapidamente le palpebre cercando di scacciare quel torpore in cui stava scivolando.

– Non lo so... – disse scuotendo la testa. – Non è più come prima. Non è più roba per noi questa.

– Non iniziare adesso! – lo rimproverò lei girandosi di scatto a guardarlo, la schiena arcuata come quella di un gatto che soffia. – Se ogni volta fai così, è meglio che stiamo a casa.

Lui fece per ribattere girandosi a sua volta verso di lei ma ci rinunciò quasi subito. Si sistemò meglio sul sedile e tornò ad aggrapparsi al volante nella sua presa da pilota, le labbra bianche, serrate.

– Non è possibile vedere sempre tutto nero come fai tu. Questa sera...

– Io non vedo tutto nero – scattò lui piccato.

– Questa sera – riprese lei alzando la voce di un tono – era l'occasione di riprendere da dove avevamo lasciato, era l'occasione per...

– Quello che avevamo lasciato era una merda! – le gridò in faccia furioso. – È per questo che ho accettato di avere un figlio, cosa credi?

Lei accusò il colpo. Ferita, abbandonò la sua posizione d'attacco lasciandosi cadere sullo schienale del sedile, gli occhi persi in un punto lontano davanti a lei.

Lui si passò la lingua sulle labbra secche e gonfie cercando di calmarsi. – Prima di Sofia non sapevo che farmene di tutto quel tempo e di quella libertà di cui abusavamo nel peggiore dei modi – disse tornando a guardare dritto, con un tono di voce che tradiva una profonda tristezza. – Poi mi sono stati tolti e allora ho iniziato a rimpiangerli amaramente. Ed ora? Ora che iniziano a tornare non li voglio più. Curioso, no?

– Non so che dire – disse piano lei continuando a fissare il vuoto. – Veramente. Non so che dire, se non che mi dispiace. Per tutti.

L'auto sfrecciava lungo i larghi viali alberati senza incontrare nessun ostacolo, mentre le facce dei coniugi Giunti erano illuminate con cadenza ritmica alternata dalle luci dell'illuminazione notturna.

– Si può sapere cosa vuoi? – disse lei tornando ad animarsi e a volgersi verso di lui. – Cos'è che non va? Ti manca del tempo per te? Non vuoi più occuparti di Sofia, è questo il problema? Ti sei pentito di averla messa al mondo? Forse, quello che vuoi – continuò sarcastica – è sbarazzarti persino dell'idea di avere una figlia, no? In modo che ti possa godere questi stupidi festini per sempre, fino a quando non sarai altro che uno stupido vecchio solo e triste. Se è così, guarda che possiamo andarcene. Facciamo i bagagli e ce ne andiamo. Lei non ci metterà molto a dimenticarti, stanne certo. È comunque meglio essere orfana che avere un padre che ti rinfaccia di avergli rovinato la vita.

Lui continuava a guardare davanti, il mento abbassato sul petto e le braccia tese sul volante.

– Non dici niente? – quasi gli gridò lei.

– Cosa dovrei dirti? – sbottò lui. – Che va tutto bene? Ok, va tutto bene, contenta? Questa sera poi, è stata meravigliosa, guarda. Rivedere tutti i nostri amici, che non aspettavano altro che riabbracciarci, le vecchie confidenze, i vecchi brindisi, le vecchie risate, la libertà riacquistata, tutto bellissimo, come un tempo. Così va bene, contenta? E poi, questa gioia immensa di sapere che c'è qualcosa di stupendo che ci aspetta a casa e che dipende completamente da *noi* e che non ama altri che *noi*, che pensa a *noi* continuamente e che diventerà tutto quello che *noi* riusciremo a...

Lo schianto fu secco e fortissimo. L'auto semidistrutta ruotò su stessa una decina di volte ed andò a schiantarsi contro uno degli alberi che costeggiavano la strada.

– Papà! Papà! Sveglia, è mattina. Sveglia, papà! Dai! Dobbiamo uscire, è una splendida giornata! Su forza! Papà? Papà?

La camera era ancora avvolta dalla penombra ma i raggi del sole filtravano luminosi dai fori delle tapparelle lasciate semiaperte, illuminando parte della coperta e i due piedini scalzi di una bambina sorridente.

– Altri dieci minuti, Sofia – gracchiò lui girandosi dall'altra parte. – È sabato...

– Dai papà, io sono sveglia, mi annoio! Salta! Salta! Salta! Salta! Guarda papà, guarda! Salta! Salta! Salta! Salta!

– Sofia smettila, finirai per cadere. D'accordo, va bene, mi alzo, basta che la pianti.

Si mise seduto sul letto con gli occhi cisposi e ancora semichiusi. – Immagino che tu non abbia già preparato la colazione, giusto? – disse con voce impastata.

– Ma papà, che dici? Io non posso usare i fornelli.

– Ah già, che stupido, l'avevo dimenticato.

– Eh sì, papà, sei uno stupidino – disse lei scimmiottandolo e abbassandosi per guardarlo dritto negli occhi, con le mani sui fianchi.

– Ah sì, sono uno stupidino? – Con uno scatto protese le mani in avanti stringendole attorno alle caviglie sottili di lei. – E adesso, chi è lo stupidino?

– No papà, lasciami! Così non vale! Lasciami! – Cadde su di lui ridendo mentre lui le faceva il solletico sulle costole delicate. – Ne hai abbastanza? Sì? Allora, su, forza, andiamo a preparare la colazione.

– Hai dormito bene, papà? – disse lei addentando una fetta di pane spalmata di abbondante crema di cioccolata.

– Molto meglio di quanto sia disposto ad ammettere, in realtà.

– Io benissimo. Solo che questa mattina mi sono svegliata e poi... non ho... non sono più riuscita ad addormentarmi.

– Magari è stato perché non potevi fare a meno di pensarmi. Che progetti hai per oggi? – chiese lui guardandola da sopra la tazza con la coda dell'occhio.

– Cosa?

– Che cosa ti piacerebbe fare?

La bambina mugolò qualcosa attraverso il boccone che le gonfiava la guancia sinistra. – Non so... È una bella giornata, oggi, papà?

– Beh, dimmelo tu. Guarda lì – disse lui indicandole la finestra. – Ti sembra una bella giornata?

– Sì, è una bella giornata. Anzi no, è una splendida giornata. Possiamo fare una passeggiata. Che dici, papà?

– È proprio quello che stavo per dire, amore mio.

Lei sorrise e tornò ad affondare un moncone di pane nella tazza piena di latte.

– Sei pronto? Dai, forza papà che facciamo tardi – disse la bambina saltando con un unico balzo i quattro gradini che scendevano dal portone fino al livello della strada. – Hai visto, papà?

– Certo che ho visto – disse lui infilandosi un berretto in testa.

– Che bel berretto, papà. È il mio berretto preferito, lo sai?

– Beh, è anche il mio preferito. Il mio bel berretto rosso.

Lei lo guardò con occhi sgranati. – Ma papà è blu. Quello è un berretto blu.

– Fammi vedere un po' – disse lui togliendoselo. – Hai ragione, amore mio, è proprio blu. Un bel blu cobalto. Il mio colore preferito.

La bambina sorrise e rapida gli prese la mano. – Vieni papà, andiamo al parco.

– Chiedimi in che stagione siamo – chiese d'un tratto tutta eccitata.

– In che stagione siamo?

– In autunno – rispose lei radiosa. Poi si rabbuiò di colpo. – È giusto?

– È giusto – la rassicurò lui sorridendole. – Siamo in autunno. La mia stagione preferita.

– Anche la mia. Chiedimi di che colore sono le foglie in autunno.

– Sofia, scusa, ma ho proprio un impellente bisogno di sapere di che colore siano le foglie d'autunno, non è che per caso tu lo sapresti?

– Sì papà, lo so. Sono gialle le foglie d'autunno. Gialle e rosse. Vedi lì, gli alberi. Che belli! Adoro gli alberi d'autunno. Dai forza, papà, corri!

Con il sole che iniziava ad alzarsi sull'orizzonte sopra gli alberi, Sofia gli corse incontro alzando la testa, ammiccando e sorridendo, le braccia allargate a mo' di aeroplano e i capelli lunghi che le ondeggiavano dietro la schiena.

– Guarda, papà. – Finì la propria corsa saltando a piedi uniti su un cumulo di foglie secche ammonticchiato vicino ad un albero. – Guarda, sono come il mare – disse mentre scalciava nel mucchio. – Sono morbide.

Marco la raggiunse e si chinò prendendo tra le mani e le braccia unite una buona quantità di foglie. – Sono anche come la pioggia – le disse rovesciandole addosso, a poco a poco, il carico color cremisi.

Lei si portò le mani sulla testa cercando di ripararsi ed iniziò a ruotare su se stessa scuotendosi e sbattendo i piedi a terra; le foglie le inondarono i capelli e i vestiti ma il suo grido era pieno di gioia.

– Ti piace la pioggia? – disse Marco inginocchiandosi.

– Sì, mi piace – rispose lei abbracciandolo. – E adesso sei bagnato anche tu.

Lui le tolse qualche foglia rimasta impigliata nei capelli arruffati e le diede due colpetti sul sederino minuscolo. – Eccoti servita.

– Lo sai, papà, ho fatto un sogno questa notte.

– Ti va di raccontarmelo?

– Ero a scuola. C'erano le maestre e tutti i miei compagni: Maria, Giacomo, Aurora, Simone e tutti gli altri, Marco, Natan, Ettore, ma c'erano anche Ale, Giulia, Tommaso, Vittoria, tutti quelli della scuola dove andavo prima, ti ricordi?

– Certo che mi ricordo. Mi ricordo che c'erano anche Lucia, Francesco, Marta... Giulia.

– Giulia l'ho già detto papà!

– Sì, è vero, l'hai già detto. E poi che succedeva?

– Correvamo. Giocavamo a prenderci, hai presente? A volte io scappavo, a volte acchiappavo. E correvamo, correvamo. Secondo te perché c'erano anche gli altri?

– Intendi quelli dell'altra scuola?

– Sì.

– Beh, le persone che incontriamo durante la vita rimangono nella nostra memoria, nella nostra testa, sai, anche quando non ci sono più. Rimangono in noi e continuano a far parte della nostra vita, anche se non possiamo più toccarle o vederle. Tu è da tanto che non vedi i tuoi amichetti della vecchia scuola ma loro faranno parte di te per sempre e stanotte sono venuti a trovarti in sogno.

– Come la mamma.

– Sì, come la mamma.

– Forza andiamo, papà, dobbiamo andare alla casa sull'albero – gridò correndo lungo il sentiero brecciato.

– No, non aiutarmi. Ce la faccio da sola.

– Lo so. Volevo solo essere gentile.

– Ah, ok. Mi piace quando sei gentile. Però poi la scala la salgo da sola. Guarda, fino in cima! Lo sai papà che Aurora non la sa salire da sola la scala? Io sì. Ecco, hai visto?

– Sei proprio brava, amore mio. Se un giorno fossi costretto a salire una scala come questa, sono sicuro che chiederei senz'altro il tuo aiuto.

– Adesso devo lavorare un po'. Papà, mi metti un po' di foglie nel cestino? Aspetta che te lo mando giù.

Da sopra quella che sembrava una vera e propria casa, ma costruita su un albero, sbucò, da una botola nel pavimento, un cestino legato ad una fune che Sofia faceva scendere poco alla volta.

– Me lo riempi di foglie, papà? E anche qualche ramoscello, e qualche pietra.

– Ecco fatto – disse Marco. – Puoi tirare su.

In breve, il cestino venne sollevato fino in cima all'albero e la botola richiusa.

– Perfetto, grazie papà – disse Sofia ad alta voce, intenta a rovistare nel mucchio di foglie.

– Papà, ma oggi non devi lavorare?

– No, amore mio, oggi è sabato.

– Ma sabato scorso hai lavorato però?

– Intendi nel pomeriggio, quando ti sei svegliata e mi hai trovato in camera seduto alla scrivania? – chiese Marco appoggiandosi con la schiena al tronco dell'albero, la testa rivolta verso l'alto. – Non stavo lavorando, stavo scrivendo.

– E che cosa scrivevi?

– Delle storie. Sai, dei racconti.

– Che tipo di storie? – fece lei affacciandosi da una finestra della casa-albero. – Storie di mostri?

– Beh, proprio di mostri no, dipende sai... da come mi sento, cosa provo in quel momento.

– Perché non scrivi una storia su di noi? – disse lei di colpo tornando ad affacciarsi. – Posso darti una mano, se vuoi. Qualche consiglio, se non ti viene l'inizio o se sei indeciso su cosa scrivere, cose così. Che dici, papà, è una buona idea?

– È una splendida idea e ti prometto che prenderò la cosa molto sul serio e quando inizierò a scrivere questa storia, mi servirà senz'altro il tuo aiuto, qualche tuo consiglio sai, sul finale soprattutto. I finali, amore mio, sono sempre la cosa più difficile da scrivere.

– Forse perché sai che è la fine della storia e ti dispiace che finisca e allora... dentro di te... insomma, non vuoi che finisca, ed è per questo che non riesci più a scrivere.

– Sai, amore mio, penso che sia proprio questa la ragione. Allora sai che faremo per la nostra storia? Scriveremo prima il finale e poi torneremo indietro, all'inizio, così non avremo questa specie di malinconia da finale. Che te ne sembra?

– Mi sembra una buona idea papà – disse Sofia, che nel frattempo si era appoggiata con le braccia sul davanzale della finestra e guardava sorridendo verso il basso. – Adesso vengo giù. Inizio ad avere fame, sai?

– Perfetto, ho proprio qui due panini al prosciutto di cui non sapevo che fare ed iniziavo a chiedermi se avrei dovuto buttarli via visto che non c'era nessuno che li volesse.

– Papà, sei uno stupidino, non si buttano via i panini, si mangiano – disse lei addentando il suo.

– Piano, altrimenti ti va di traverso. Andiamo a sederci lì, guarda, è il posto ideale.

Finirono di mangiare i loro panini sotto l'ombra di un grosso acero, poi si sdraiarono uno di fianco all'altra guardando lo scorrere delle nuvole in cielo.

– Avevi ragione, papà – disse Sofia sbadigliando. Distese le gambe e si mise le mani dietro la nuca, chiudendo gli occhi.

– Su cosa, amore mio?

– Questo è davvero il posto ideale.

– Sofia? Sofia? Svegliati dormigliona.

– Mm... lasciami dormire ancora un po'.

– Va bene ma poi non ti lamentare se tutte le altalene sono occupate e bisogna fare la fila.

– È vero, le altalene! Che ora è? Ma papà è tardissimo, perché non mi hai svegliata prima? Ahi! Mi fa male tutta la schiena. Dovevamo dormire sulle foglie.

– Hai ragione, amore mio, avremmo dovuto farci due bei materassi di foglie.

Sofia, già in piedi, si strofinava contorcendosi per pulirsi dalle foglie, dall'erba e dalle formiche che le erano rimaste addosso.

– Dai papà andiamo, svelto, altrimenti le prenderanno tutte. Oggi voglio andare altissima.

– Guarda, papà! Guarda!

– Sì, ti vedo. Sei sicuramente la bambina che va più in alto di tutto il parco, anche più in alto di quei bambini di quinta.

– Papà, ma a te piaceva l'altalena quando eri piccolo?

– Certo che mi piaceva. Piace a tutti andare sull'altalena. Hai mai sentito di un bambino a cui non piacesse andare sull'altalena?

– Io no. Perché, papà, secondo te? E perché i grandi non ci vanno mai?

– Beh... secondo te perché? – le chiese guardandola negli occhi.

Lei arrossì emettendo un risolino nervoso. – Eh... non lo so, papà. Forse... a me sembra di volare quando ci vado...

– Allora, è possibile che sia per questo. Ai bambini piace volare.

– E ai grandi? – ribatté lei, dandosi lo slancio.

– I grandi, amore mio, vorrebbero anche loro volare, eccome – rispose lui abbassando lo sguardo a terra. – Il problema è che loro hanno anche paura di cadere e ne hanno così tanta paura, amore mio, che hanno smesso non solo di provarci ma addirittura di credere che sia possibile farlo.

D'improvviso Sofia allungò di scatto le gambe, bloccando l'oscillazione dell'altalena. Con uno slancio saltò giù e prese la mano di Marco. – Siediti, papà, andiamoci insieme.

Lui sorrise, si sedette adagio sull'altalena, si accomodò strattonando le catene fredde e cigolanti, poi prese da sotto le ascelle Sofia e se la mise sulle cosce.

– Pronta?

– Pronta.

– Avevi ragione, amore mio, è proprio come volare.

– Guarda, papà, le anatre!

– Sì, e anche i cigni e, guarda laggiù, due pavoni.

– I maschi sono quelli belli, giusto?

– Sì – rispose Marco ridendo. – Sono quelli con la coda lunga, tutta colorata.

– Guarda il cielo, papà, sta diventando tutto rosso e... senti... Chiedimi cosa mi piace mangiare quando il cielo è così tutto rosso.

– Cosa ti piacerebbe mangiare con questo cielo fantastico, amore mio?

– Un gelato! Senti questa musica? È il chiosco dei gelati. Dai, andiamo, papà.

– Due coni al pistacchio e cioccolato – disse Sofia sollevandosi sulla punta dei piedini.

– Non è strano che ci piacciono gli stessi gusti, papà?

– È strano, sì, ma non così tanto se ci pensi. Sei pur sempre mia figlia.

– Anche a mamma piaceva il pistacchio e il cioccolato?

– Sì. Anche se il suo gusto preferito era la stracciatella.

Sofia, particolarmente colpita dall'informazione, si avvicinò rapida al chiosco. – Scusi? Mi scusi, può aggiungere la stracciatella a uno dei coni? Grazie.

– Ho aggiunto la stracciatella al mio cono – informò suo padre sottovoce, con un tono che tradiva un certo sollievo.

– Sei stanco, papà?

– Beh, sì, sono stanco amore mio. E tu?

– Io no. Beh, un pochino. Chiedimi cosa mi piace fare quando sono stanca.

– Cos'era quella cosa che ti piaceva sempre fare quando eri stanca? Non me lo ricordo proprio più.

Lei lo guardò e scoppiò in una risata nervosa. – Mi piace venire sulle spalle – bisbigliò timida.

Marco la prese da dietro e con un unico movimento fluido la catapultò a sedersi dietro la sua nuca. – Comoda? Tieniti forte perché adesso si galoppa fino a casa.

– Piano papà! – strillò lei mentendo.

– Forza! A lavare i denti. Sì, sì, lo so che sei stanca ma i denti dobbiamo lavarli. Su, coraggio.

– Va bene, papà – disse Sofia trascinandosi verso il bagno. – Vi vicovdi cofé vovedì poffimo? – biascicò con lo spazzolino in bocca.

– Togli lo spazzolino.

– Ti ricordi cos'è giovedì prossimo? – ripeté in fretta, tornando subito a spazzolarsi i denti.

– Vediamo... Natale non è, Pasqua nemmeno, potrebbe essere il compleanno di qualcuno che conosciamo...

Sofia rise eccitata facendo colare un rivolo bianco dalla bocca fin sul braccio e quindi nel lavandino. – È il mio compleanno! – disse in falsetto, con una voce che voleva essere indignata.

– Come potrei mai dimenticarlo – disse Marco. – La macchina organizzatrice si è già messa in moto, mia cara, e niente verrà lasciato al caso per i festeggiamenti.

– Ti ricorderai che mi piacciono le torte al cioccolato? E i palloncini. E anche le tartine con la maionese.

– Ho già contattato i migliori pasticceri, i migliori produttori di palloncini e i migliori tartinieri della città. Non si preoccupi signorina, tutto procede secondo i piani.

– E li hai chiamati i miei amici? Non ti scordare di Natan. E nemmeno di Ettore e Aurora. Lei è mia sorella, lo sai? Per finta però.

– Chiamati – disse Marco mentre asciugava lo spazzolino con l'asciugamano e lo riponeva nella tazza a forma di orso poggiata sul lavandino. – Vieni qui patatina, su, forza, andiamo a letto.

– Papà mi prendi Uni?

– Eccolo qui.

– E Corno?

– Eccolo. Buonanotte, amore mio.

– Buonanotte.

– Papà?

– Sì?

– Stavo pensando... per il tuo racconto potresti scrivere di oggi, raccontare la nostra giornata al parco. Che ne dici? E come finale, un bel bacio della buonanotte.

– Mi sembra proprio un'ottima idea, amore mio – disse lui baciandola sulla fronte. – Domani mi metto subito all'opera.

Sofia sorrise lasciandosi andare sul cuscino e si accomodò meglio nel letto, muovendo le spalle come per crearsi una nicchia. Girò la testa di lato con la bocca vicina alla mano sinistra e chiuse gli occhi. Marco rimase ancora un minuto a guardarla, immobile, con i capelli sparpagliati sul cuscino e le braccia in alto come in gesto di resa, poi uscì silenziosamente dalla stanza.

In bagno si appoggiò con entrambe le mani sul bordo del lavandino e guardò il suo volto stanco restituirgli lo sguardo. Aprì lo sportello destro della specchiera e prese un piccolo cilindro di plastica, l'aprì e ne prese due pastiglie tornando a guardarsi.

– Papà? – Si sentì chiamare dalla stanza a fianco.

Si guardò un'ultima volta, poi rimise le due pastiglie nella confezione e la gettò nel cestino di fianco al water.

– Che c'è, amore mio?

– Mi daresti un altro bacio della buonanotte? – sussurrò Sofia sorridendo, mezza addormentata.

Occhi umidi

di Ettore Goffi

L'appello non è più lo stesso quando la "banda" non suona il rock ma ci connette intermittente!

(Studenti): "La vedo ma non la sento, la sento ma non la vedo.
NON LA VEDO E NON LA SENTO.
Rossi le ha risposto in chat, Bianchi è uscito e prova a rientrare".

(Prof.): ... "meno male che c'è Verdi – si consola il professore – almeno lui ha risposto e riposto speranza nella Sua musica sublime! Va pensiero, va e non solo per l'Italia ma per risorgere il mondo intero.

Restare umani! Ecco l'imperativo categorico ai tempi del coronavirus continuando ad imparare perfino con quella "banda intermittente".

Ma i volti si cercano ancora fra gli schermi – chissà che cosa scriverebbero Levinas o Ricouer? – e quando si trovano BELLI non si perdono, unici e solidi nodi della rete.

Certo la video-lezione mediata dalla tekné, dal suo artificio imperfetto, è molto stancante e pesante quando non è compensata dall'imperfezione della relazione personale, la sola capace di *ri*conoscersi nel meglio di sé e... di tirarlo fuori: nell'onestà.

(Studenti): "La vedo ma non la sento, la sento ma non la vedo.

NON LA VEDO E NON LA SENTO..."

(Prof): "SARÀ VERO???"

Certo... alcune espressioni tenute aperte, non solo dall'audio-video, comunicano emozioni delicate, profonde nella loro maturità, pure nel loro incanto e così interrogano: "Ci lascerete ancora soli? No, per favore, non fatelo!"

Il tempo è scaduto, la pausa didattica è d'obbligo almeno per distendersi le gambe ricordandoci ancora la carne sconosciuta agli algoritmi. Ma... gli occhi del professore restano umidi: di gratitudine, di commozione, di giovani volti incontrati.

E l'ultimo recente acquisto on line di suo figlio – una maglietta estiva calibrata con cura e intelligenza nella scelta, appesa lì accanto – ripete inequivocabile da secoli: "L'amore vince tutto".

Grazie Virgilio, sei proprio un classico!

Il vetro

di Rubina Valli

Sul vetro restavano le impronte delle mani di mia figlia; aveva mangiato un ghiacciolo lungo la strada e le gocce di sciroppo le erano colate fin lungo i polsi. Ora poggiava i piccoli palmi spalancati sulla vetrata e ne restavano le impronte, due piccole mani aperte e nel mezzo la nebbia lieve del suo respiro, solo parzialmente trattenuta dalla mascherina.

Provavo un sottile imbarazzo, il vetro era completamente pulito al nostro arrivo, una barriera invisibile, un muro trasparente. Allo stesso tempo adoravo le sue tracce, la realtà tangibile della sua pelle e del suo fiato, di una bellezza e di una innocente intimità che facevano quasi male a vederle lì su quel vetro, fuori dall'alveo sicuro di me e di lei.

Pensai di sfuggita ma con un'intensità che mi spezzò le gambe al suo odore caldo e buono al risveglio, i capelli un poco umidi di sudore, la pelle calda e morbida, il suo scivolare lento a occhi chiusi verso di me per farsi abbracciare. Provai lo sciocco impulso di toccare le impronte delle sue mani e del suo fiato, per raccoglierle e custodirle, per non abbandonarle su quel vetro. Ma rimasi immobile. Lei, d'altronde, non si curava di me e nemmeno dell'infermiera che ci osservava dalla porta da una certa distanza, metà dentro e metà fuori, guardiana muta della barriera tra fuori e dentro, come se il vetro non fosse sufficiente.

Mia figlia fissava verso l'interno con gli occhi seri e spalancati, immobili verso un punto preciso da cui nemmeno il via vai di infermiere e visitatori la distoglieva. Gli anziani erano fermi, seduti su sedie a rotelle o su piccole poltrone. Solo le persone attorno a loro si muovevano. Tutti erano girati di fianco o di spalle, racchiusi dal vetro, incuranti di ciò che accadeva fuori.

Solo una sedia a rotelle era rivolta verso la vetrata, vi sedeva una donna anziana ma ancora bella, senza tante rughe eppure visibilmente provata dal tempo, il cui peso trapelava dai capelli bianchi, lanuginosi e dallo sguardo che scivolava di qua e di là senza peso, senza consapevolezza. Mia figlia stava fissando lei. Non vedeva la bisnonna da un paio di mesi, da pochi giorni prima dell'ictus, quando ancora viveva nella sua casa ed era in grado di camminare sulle sue gambe, a piccoli passi traballanti che le permettevano di lasciare la sedia a rotelle per brevi incombenze.

Allora le stava vicino, quando la nonna era seduta sulla sedia ricordo il viso di mia figlia vicino al suo, ricordo che guardarle mi dava un senso di pace, di vita che è sia un cerchio che si chiude sia una strada che avanza. Ora la osservava dal vetro, *noi* non potevamo entrare. Lo sguardo di mia figlia era fisso, instancabile. Quello di mia nonna era posato sul nulla, leggero come vapore. Fino al momento in cui si è come incarnato, è tornato ad abitare gli occhi e li ha diretti verso il vetro, verso di noi. Mia figlia l'ha subito percepito e ha fatto ciao con la mano, spingendosi ancora più contro il vetro, come volendolo penetrare.

La nonna, bisnonna per lei, ha alzato una mano, anch'essa senza peso come era stato inizialmente il suo sguardo, una mano di piume, le dita hanno tremato forse per salutare. La bocca si muoveva ma era impossibile capire se stesse parlando con noi o con se stessa, il vetro imprigionava i suoni, usciva solo un parlare confuso di voci mischiate, suoni subacquei, estranei. La sua voce non si sentiva.

Mia figlia ha iniziato a battere una mano sul vetro, con dolcezza, eppure l'infermiera sulla porta si è sporta di più come a farla fermare e mia figlia ha capito. È tornata immobile, lo sguardo ora non più serio ma allarmato, disarmato davanti alla freddezza del vetro. La nonna parlava, tendeva la mano, si guardava intorno e poi tornava a guardare mia figlia.

Guardavo la mano tesa in aria, tremante e leggera, sospesa nel vuoto – la mano di mia nonna – e fra tutti quelli possibili tornò a visitarmi il pensiero di quando ero bambina e passeggiavo con lei in città, d'inverno. Mi prendeva la mano e la infilava nella grande tasca della sua pelliccia, ricordo la sicurezza del suo gesto, il senso di rifugio e protezione che provavo, la sua mano che mi legava salda al mondo e mi scaldava nella sua tasca. Ora la sua mano galleggiava nell'aria senza che io potessi prenderla tra le mie, davanti a mia figlia che spingeva contro il vetro.

Mi voltai di sfuggita verso l'infermiera, guardiana della soglia. Aveva abbassato la mascherina e incontrando il mio sguardo sorrise. Per lei andava bene così. La mia nonna era lì e non potevo toccarla, forse non l'avrei vista mai più.

Mia figlia aveva iniziato a piangere in silenzio ma tutte le parole da dirle si erano spezzate. Per l'infermiera andava bene così. Mi aveva persino sorriso e quel sorriso era come una pietra, una roccia da graffiare fino a farmi sanguinare le dita. Per lei andava bene così.

Bimbo

di Francesco Tranquilli

Accende la webcam e comincia la registrazione. Sul tavolo, visibile, una bottiglia di vino iniziata e un calice.

Buonasera, giudice Riccardi.

Io spero che lei guardi questo video in una mezz'ora di calma. Magari con un calice di vino da meditazione davanti. Ne avrà bisogno.

È chiaro che, se mi sta guardando, è perché non siete riusciti a trovarmi. O nemmeno mi avete cercato. Voglio quindi togliermi un'ultima, molto amara, soddisfazione. Dimostrare, a lei e alla sua squadra di segugi senza fiuto, quello che forse state solo ora cominciando a capire: io sono molto più scaltro di voi. Lo sono sempre stato.

E non solo: ho anche più senso morale. Sembra un paradosso, no?, visto ciò che ho fatto... ma il tempo tramuta i paradossi in verità e le paure in realtà. *(Beve).*

Caro sostituto procuratore, dalla sua invidiabile forma fisica si vede che lei fa sport. Anche per me era un'abitudine, quella partita a tennis, al club, ogni mercoledì sera con il suo ex capo, il dottor Leonardo Re, o

Re Leonardo come preferiva chiamarsi, l'"implacabile paladino della giustizia". Vinceva quasi sempre lui, sul campo come in tribunale, e dopo la doccia – come saprà – eravamo soliti tirare tardi al pub. Non si parlava di sport. Il tennis per lui era solo un pretesto. Quello che gli piaceva era raccontarmi l'ultimo episodio del suo serial preferito... *Sex and Order*: avventure extraconiugali di un potente magistrato. Erano tante e varie. Lui ci sapeva fare con le donne. Aveva un suo modo... forte, diciamo. La sua frase preferita era: "Bisogna sapere come farsi ubbidire".

Quando veniva il mio turno di raccontare – di solito un altro goffo tentativo di approccio seguito da un rifiuto, a volte cortese – lui era prodigo di consigli, incoraggiante. Paterno. Ma una sera, la sera che cambiò tutto, gli confidai che mi ero *innamorato* di una persona; allora lui prima rise, poi ordinò due altre pinte. Volle sapere e io raccontai, camuffando ogni particolare che poteva rivelare l'identità di quella donna... la prima e l'ultima che abbia mai amato.

Sono un romantico, lo so, e Leonardo mi prendeva in giro per questo. Ma a me stava bene. Da quella sera, per alcune settimane, seguii alla lettera i suoi consigli. Non me li avrebbe dati se avesse saputo che mi stava aprendo le braccia di sua moglie. Angela. L'avevo conosciuta quando mi aveva rubato un parcheggio davanti al Palazzo di Giustizia. Volevo litigare ma fu impossibile. Angela aveva una grazia disarmante e una bellezza ingiusta. Ingiusta perché nessun uomo può esserne all'altezza. Ma a volte dobbiamo imporci di andare avanti, anche se sappiamo di essere inadeguati.

Le chiesi il suo nome. Rispose, mi sorrise, si scusò. Io capii chi era. Cioè il mio destino.

Quando ci rivedemmo, venni a sapere il resto. Che dirigeva una galleria d'arte, aveva denaro, tempo, una casa bianca e silenziosa, un marito potente e assente. Figli no, non poteva più averne dopo un incidente *domestico*.

Angela non si innamorò di me, non proprio.

Mi bevve il corpo e il cuore come una spugna che non vede acqua da cent'anni. Mi assorbì. E assorbendomi lei diventò la mia acqua. Starne troppo lontano significava per me inaridire, morire.

E per raccontare questa sete al mio ignaro amico doppiamente tradito, lo invitai al ristorante. L'occasione meritava. Era il mio trionfo, inaspettato e misterioso. Ed esaltante. Gli raccontai tutto quello che potevo e fu quasi eccitante quanto fare l'amore con Angela per la prima volta. Lui era fiero di me.
– Brutto bastardo! Punto, gioco, set e partita! Sei un grande!

– No, io ero piccolo. Lei mi ha reso grande...

– Ma dove l'hai presa questa, da un film? Però, ragazzino, devi ammettere che senza i miei consigli non ce l'avresti fatta...

– E per questo ti ho invitato a cena. Per ringraziarti.

– Ma è stato un piacere. Quando vi rivedete?

– Mercoledì pomeriggio.

– Top! Così la sera mi racconti tutto! Ora capisco perché ti sei reso latitante per un mese! Avevi altro da fare, porcello... Ascolta, ordiniamo champagne? Per brindare a... come si chiama?... Debora?"

– Monica. No, un'altra bottiglia di passerina va benissimo.

– Però questa la offro io...

E bevemmo e parlò. Di sé ovviamente. E allora io portai il discorso su Angela. Mi feci raccontare anche di lei. L'unica donna che non l'avesse abbandonato. Volli sapere di quando si erano conosciuti. Se lui, a modo suo, l'amasse ancora. E allora accadde quello che aspettavo.

Lo sa, dottore: ogni adolescente sogna, senza ammetterlo, di avere qualche super potere che gli permetta di uscire indenne, magari vincitore, almeno vivo, da quell'età così... imbarazzante. La vista a raggi X, sparare ragnatele, l'invisibilità... Io sono forse l'unico che ne ha davvero uno. L'ho scoperto a 17 anni, la prima volta che, insieme a un compagno di scuola, mi sono ubriacato, stappando delle bottiglie rarissime di suo padre, che era un viticultore e un collezionista. In breve, quella notte scoprii che, se avevo dell'alcool "buono" in corpo, e anche la persona davanti a me ce l'aveva, io riuscivo a leggere i suoi pensieri. Ma di più: li vedevo, proiettati attraverso gli occhi, come due feritoie che guardano dentro il cervello; e riuscivo a visualizzare esattamente cosa passasse in quella testa, al di sotto e al di là delle parole pronunciate, spesso senza senso. Quella volta, quando vidi confusamente il mio amico baciarsi col suo compagno di banco e poi suo padre che lo frustava con la cinghia, pensai di aver semplicemente bevuto troppo. Vomitai. Ma, in seguito, dovetti rendermi conto che funzionava sempre: a me, il vino mostrava la verità, la verità nascosta degli altri. Quindi, imparai a sfruttare questa facoltà. E l'ho fatto ogni volta che ho potuto. Con le ragazze soprattutto, giudice, come può ben immaginare. Non sempre è servito. Ci sono donne che mentono anche dentro di sé e lì non c'è super potere che tenga. Ma per darmi almeno una possibilità, ho sempre evitato con cura quelle che si dichiaravano "astemie". Angela, certamente, non lo era...

... Ma neanche suo marito. E quando *accadde*, durante quella cena, fu come al solito: una vertigine, la strana sensazione di cadere verso l'alto e mi ritrovai quasi *seduto* nella sua testa, di fronte ad uno schermo gigante da film muto e vidi...

Vidi quello che mi stava raccontando e purtroppo anche quello che mi stava nascondendo, del suo rapporto con sua moglie, con... la mia Angela.

Vidi le sigarette spente sulla pelle, le gomitate *accidentali*, la testa sbattuta sui tavoli, i calci sulla pancia. E capii di più: che quelle brutalità erano l'unico modo che quel sedicente uomo avesse per mostrare il suo attaccamento ad una donna. Un modo patologico ma soltanto quello. Capii anche che, da quando Leonardo aveva smesso di amarla, anni prima, non era più Angela a beneficiare di questa sorta di *attenzioni* ma altre donne. Le protagoniste del serial. E del suo più recente acquisto, una poliziotta se non sbaglio. Lui era molto preso, come di tutte quelle delle puntate precedenti. Ma questo lei lo sapeva meglio di me, dottor Riccardi, visto che con Leonardo lavorava fianco a fianco ogni giorno ed era il suo braccio destro. Non è così?

Allora, il mercoledì dopo, quando fra la prima e la seconda pinta Leonardo si alzò per la rituale pisciata di mezza sera (l'età dice la sua, giudice), mentre non c'era aggiunsi alla sua birra artigianale un additivo speciale, che nessuna autopsia se non molto specifica avrebbe trovato, in mezzo a tanto alcol. Poi confidai nella fortuna. Leonardo, lo sa, si spostava sempre in moto, fuori servizio. Quella sera la spinse forse troppo oltre il limite, visto che il muro dove andò a infrangersi reca ancora segni visibili del suo passaggio... o del suo trapasso, meglio. Morte accidentale. Caso chiuso o mai aperto. E Angela fu vendicata, è soltanto mia.

Non venni al funerale, come può immaginare, giudice. Rividi Angela dopo due settimane, che furono lunghissime e feroci per me, un deserto infinito. Ma poi quell'ultimo giorno venne a casa mia e mi potei tuffare di nuovo in lei; alla sera uscimmo e trovammo un'osteria dove non eravamo mai stati, perché quello era *davvero* l'inizio. Mangiando, la divoravo con gli occhi, e bevendo mi riempivo dei suoi sguardi. Finché mi accorsi che lei non vedeva me, ma qualcuno assente.

– Sai perché ho voluto vederti oggi?

– Credo di saperlo, sì.

– Non puoi saperlo. L'ho sognato.

– Chi?

– Leonardo. Mi sorrideva. Come i primi tempi. Quando ancora mi amava. Sai, io non ho mai smesso di amarlo. Lo sai, vero?

– Angela. Ma lui ti... ti tradiva in continuazione.

– E tu come lo sai?

– Tu, tu me l'hai detto.

– Erano solo sospetti.

– Angela ma allora perché hai accettato... me?

– Che c'entra. Tu sei caro. Sei colto. Bravo... insomma... abbastanza, a letto ma... Ma non sei Leonardo. Se mi tradiva era colpa mia.

– Cosa?

– Io non posso avere figli. Quindi perché non doveva cercare altre donne?

– Ma tu... tu sei...

– Io ti giuro che se ne avesse messa incinta un'altra di quelle con cui si accompagnava io avrei preso quel bambino come se fosse mio. Non importa se fosse stato figlio di una puttana o di una... straniera. Io l'avrei comprato, se necessario, e fatto mio. Così lui sarebbe tornato da me e mi avrebbe amato ancora.

– Angela...

– Leonardo non ha avuto un incidente. Hanno chiuso l'inchiesta troppo in fretta. Devono fare l'autopsia.

– Ma perché lo dici? Non...

– È semplice: Leonardo reggeva benissimo l'alcool, meglio di me e di te. È stato idiota pensare che possa aver perso il controllo della moto per il bere. Molti lo volevano morto.

– Ma chi avrebbe potuto...

– Ascolta: ieri notte sono andata a riprendere il suo cellulare. Ha lo schermo distrutto ma funziona, l'ho ricaricato. Ho aperto il registro delle chiamate, cercavo il nome dell'ultima persona che aveva visto prima di... di avere l'incidente. E l'ho trovato! Eccolo: leggi.

– *Bimbo*?

– Sai chi è?

– No.

– È il suo misterioso amico del mercoledì. L'ultimo con cui ha parlato. E io devo sapere chi è questa persona. Questo numero mi pare familiare ma... ascolta. Perché non lo chiamiamo adesso, qui, dal suo cellulare? Immagina che...

– No! Adesso no. Senti: la tua è un'ottima idea. Dobbiamo assolutamente sapere chi è questo... questa persona che lui chiamava *Bimbo*. Ma non ora. Non roviniamo... questo momento.

– Sì, hai ragione. Come vuoi. Lo farò domani, quando mi vedo con Ettore.

– Con chi ti vedi?

– Ettore. Il sostituto procuratore. Un nostro carissimo amico. Mio e di... Leonardo. Lo sai, erano legatissimi. È una bravissima persona.

– E ti vedi con lui.

– Sì, ho un appuntamento in procura domani alle 18, dopo il lavoro. Ti volevo chiedere, anzi, se volessi accompagnarmi... o forse no, che sciocca, naturalmente devo andarci da sola.

– Da sola? No. Questo non posso permetterlo.

– Allora... grazie.

Non c'è niente di strano nel fatto che Angela non riconoscesse quel numero. Non è strano perché oggi i telefoni ricordano al posto nostro. Ma se l'avesse composto avrebbe squillato il *mio* cellulare. E nemmeno era strano che nella rubrica di Leonardo io fossi *Bimbo*. Questo ero per lui, me lo diceva spesso: un bambino, un ragazzino. Benché fossimo coetanei, dall'alto della sua esperienza di donne mi giudicava affettivamente infantile, incompetente. “Bimbo, cerchi ancora il grande amore. Il massimo che troverai, non spesso, è una grande scopata.”

Ero stato bravissimo e c’era voluta una cura incredibile perché non solo Leonardo non capisse che il mio grande amore era sua moglie ma nemmeno Angela capisse chi era l’amico del mercoledì di suo marito. Pensavo di essermi lasciato il peggio alle spalle. Invece no. L’autopsia di Leonardo avrebbe subito messo lei, dottore, sulle tracce di ‘Bimbo’ e ci avrebbe impiegato sì e no una mezza giornata ad arrivare a me. Seconda cosa, più terribile, fu capire in che braccia sarebbe finita Angela, dopo di me. Come lo capii? Nel vino c’è la verità, giusto? Quando nominò lei, il “carissimo amico”, la guardai negli occhi e, dentro quegli occhi, con pungente ribrezzo, vi vidi insieme. Quando andò da lei a darle la notizia e poi al funerale. Vidi come l’abbracciava, come l’accarezzava, più come un nuovo padrone che come un amico. Vidi i vostri baci di congedo, decisamente poco fraterni. Immaginai le sue mani su di lei, dopo di me. E fu troppo.

Dovetti rompermi il cervello in testa e cavarmi il cuore dal petto prima di convincermi che non c’era / altra / soluzione. Perché Angela, nonostante Leonardo fosse morto e io l’amassi quasi più di me stesso, era ancora legata a lui. Lo amava ancora, il mostro da cui l’avevo liberata. E non cercava un compagno ma proprio un nuovo padrone: lei, sostituto procuratore, lei che chiamava *il nostro carissimo amico*. E lo era ben stato, un caro amico, un amico che certo non voleva diventare Giuda denunciando il suo superiore come seviziatore seriale e forse stupratore. Un amico che avrebbe accolto come un dono divino l'opportunità di essere promosso procuratore capo, riaprendo il caso frettolosamente chiuso, con in mano le prove per dimostrare l'omicidio e trovare persino l'autore. In un colpo solo. Una svolta insperata per la sua carriera, sempre lenta per via dei suoi inesistenti meriti professionali, sostenuta soltanto dall'importante, *carissima* amicizia. E a coronare il tutto la prevedibile *gratitudine* di una donna bellissima, pluritradita e completamente sola.

Quella mattina alle cinque, quando mi strappai per l'ultima volta al letto dove con Angela avevo lottato contro l'ingiustizia del mondo, e avevo perso, scostai il lenzuolo e la annusai, dai piedi alla testa. La sua bocca beata, da cui uscivano gocce di saliva che cospargevano il cuscino come rugiada, emanava ancora l'aroma del vino bevuto la sera prima. La nostra ultima cena. Sapevo che Angela prima di andarsene si sarebbe preparata il caffè. Le feci trovare la macchinetta già pronta sul gas. Uscii di casa, sapendo che non sarebbe venuta in procura. Sapendo che non l'avrei più rivista, viva. E *lei* neanche, "Ettore". Perché il cuore di Angela si sarebbe fermato improvvisamente, nel corso della mattinata, mentre era al lavoro. E il mio avrebbe smesso di battere nello stesso istante.

Non si chieda, giudice, cosa c'era nel vino di Leonardo e nel caffè di Angela... o qui dentro *(solleva appena il bicchiere)*; eviti di oltraggiare le loro salme o la mia. Ha una confessione, le basti. Non mi venga a cercare ora. Perderebbe tempo. Sappia solo che io sono un chimico e un botanico, e ci sono più cose in terra e sotto terra di quante ne sogni la sua polizia scientifica.

Le auguro buona vita, magari breve. Anche se al suo funerale non potrò esserci e questo mi rincresce. Mi sarebbe piaciuto tanto...

(Alza il bicchiere).

Alla sua salute.

La webcam si spegne.

Trent'anni

di Diana Reydich

Cammino lungo Viale Marconi, l'incedere sicuro e senza fretta.

Certo, ho delle responsabilità, il lavoro prende il suo tempo, senza pietà. Ma chi si immaginava di essere così piena di sicurezze alla mia età?

Ho trent'anni e faccio la mia figura. Oggi sono avvolta da un tubino rosso fuoco, perfettamente abbinato alle décolleté, allo smalto ed al rossetto. Gli occhi sono celati da un paio di eleganti occhiali da sole, che mi difendono dall'eccessiva luce della capitale, fortissima a mezzogiorno ma, d'altronde, è quasi estate.

Sono sola, sotto ogni aspetto. Non è facile stare vicino ad una donna in carriera, non è una categoria ben vista e si deve sgomitare, quando si è in grado di affermarsi. Questo mondo è una giungla feroce, ancora di più se vedono che sei una giovane dotata di organi femminili, quindi da un lato appetibile e, si spera, sciocca, altrimenti è comunque come se lo fossi, però dall'altro ti considerano sempre a rischio maternità fino alla menopausa. Le donne come me sono viste come un pericolo ed un'anomalia, al massimo andiamo bene per fare le domestiche o per pulire le fabbriche, se non siamo già solamente mogli e madri. Quando dico di non avere nessuno, non mento. A diciott'anni ho perso i nonni, che mi hanno cresciuta, i miei genitori invece non li sento già da prima, che ci volete fare... capita. Fortuna che è successo da maggiorenne, mi sono risparmiata i servizi sociali. Il dolore è stato lungo, intenso, talvolta mi sorprende ancora, la notte. Non ho perso tempo ed ho subito preso in mano le redini della mia vita, non potevo permettermi di piangermi addosso. La casa sarà stata pagata ma tasse, bollette e condominio vanno saldati con regolarità. Se non altro, pur disastrata, vivo nella più bella città del mondo, *Roma caput mundi*, meravigliosa tutto l'anno, col freddo e col caldo, il cuore si scioglie e l'animo si smuove. Anche quello dell'algida professionista, il superiore inviso a tutti in ufficio, in questo uomini e donne fanno fronte comune.

Non ho potuto perdere tempo con amicizie e divertimenti, ho dovuto sbagliare poco. Tutto ciò ha pagato: sono indipendente ed ho il vuoto intorno. Oltre a pochi cordiali contatti con i negozianti di cui richiedo i servizi, non ho quasi frequentazioni. Inutile dire che sono ferita da tutta questa solitudine (Laura, il tuo Marco, al treno delle 7:30 mi può offrire il caffè), ma vado avanti, confidando che prima o poi incontri qualche anima affine. A volte è dura, mi chiedo perché comincio ogni giorno la solita routine. Però so che non era scontato che arrivassi qui e non intendo mollare.

Arranco sotto il peso delle buste della spesa. Si è fatto tardi, ma tanto nessuno mi aspetta a casa e farsela a piedi da Via Oderisi da Gubbio non è una passeggiata.

L'orario non è casuale. Certo non avevo voglia di uscire. Però, andare tardi al supermercato ha i suoi vantaggi: molti prodotti sono scontati dal 30 al 50% a fine giornata e nella mia situazione non posso fare la schizzinosa. Vivo da sola da alcuni anni. I nonni sono venuti a mancare ma la casa l'hanno lasciata a me. I miei genitori, non pervenuti. L'ultima volta che li ho visti quanti anni avrò avuto? Dieci? Boh, i contatti sono scemati nel tempo ed ora non ci sono proprio. Meno male che ho un tetto sopra la testa, anche se chissà per quanto... Sono agli sgoccioli della disoccupazione, il condominio costa l'ira di Dio, anche in un quartiere non storico come Marconi, e mantenersi non è facile. Cerco di mangiare alla meno peggio, ringraziando il caro bollette se ogni tanto la cosa non funziona a dovere e non lo faceva già da prima, quindi immaginate un po' la felicità del mio stomaco e di tutto il resto del corpo. Non sono e non mi sento una gioia, che sia per gli occhi o per la mente.

Apro la porta di casa, due gattoni anziani mi vengono incontro miagolando.

– Vi è andata bene, ragazzi, pappa di qualità in offerta, anche se in scadenza. Per me noodles al chili e tiramisù. E per oggi è andata.

Consumo la mia cena universitaria davanti alla tv, seduta in poltrona, quella del nonno, ma, anziché lo schermo, che tanto non sto né guardando né ascoltando, mi sorprendo a fissare il vuoto. Mi sento una fallita, dovrei passare la sera a cercare offerte di lavoro online, spedire cv e stamparne da consegnare il giorno dopo in ogni attività commerciale aperta, viaggiando in lungo ed in largo per il mio quartiere e quelli limitrofi (per ora non mi azzarderei troppo ad andare più lontano, spostarsi con i mezzi a Roma è peggio che giocare forti somme di denaro a poker senza aver mai giocato prima... Anzi, magari si vince, con la viabilità romana mica è detto che si giunga sempre a destinazione, figurarsi in orario). Eppure sono qui, svuotata, con un gatto acciambellato in grembo, stufa di fare tutta questa fatica. Per chi? Per cosa? Tanto non mancherà poco a fare la gattara di strada senza tetto...

Poi però entra una lieve brezza in casa, quel tipo di aria primaverile che mi fa formicolare il corpo e venire voglia di muovermi, dimenticando i jeans sdruciti e la casa in disordine. Mi viene il magone, mi alzo per annusarla meglio alla finestra, per sentirla sulla mia pelle. E vedo il cielo romano, immagino Largo Argentina, Piazza Navona, via Nazionale, l'Altare della Patria, Piazzale Esedra (sì, lo chiamo ancora così!), l'Eur e il laghetto ed una miriade di altri posti che amo e mi si strazia il cuore perché non voglio perdere tutto questo. Insomma, tocca rimboccarsi le maniche. E va bene, intanto vado a letto, per partire bene, che i brutti sentimenti li scaccio sempre, in larga parte, dopo una bella dormita.

In attesa di combattere per qualcuno, intanto lotterò per non dire addio alla mia città, per non dovermi accomiatare perché è una parte dell'anima mia.

All'improvviso mi risveglio dal mio sogno ad occhi aperti, quello che faccio sin da piccola, quando ero angosciata in un'età per cui, nei paesi occidentali, europei, non è comune esserlo, non molto, e per fortuna aggiungerei. Ovviamente ho aggiunto particolari che a sei anni non potevo nemmeno immaginare... E guardo il calendario. Trent'anni sto per compierli davvero. E non mi sembra possibile, ero convinta che non ci sarei mai arrivata.

Finora la vita mi ha sorpreso e tante cose si sono svolte diversamente dalle mie supposizioni, nel bene e nel male.

Sarà andata meglio? Oppure peggio? Non lo so, di sicuro non sono una delle due me che avevo immaginato, probabilmente sono e sono stata altre cento me e chissà quante ancora ne ho da tirare fuori.

No, non sono pazza, so solo che non siamo bidimensionali come un foglio né dal destino prescritto alla nascita. Il nostro futuro potrebbe essere fantastico partendo da pessime basi o terrificante pur se tutto, attorno a noi, era scintillante e sicuro, una culla perfetta. Le carte possono essere rimescolate in un attimo.

Intanto mi alzo e vado incontro alla vita.

Storia di una notte stellata

di Carolina Zanotti

Le aspettative erano tante e sapevo che quello era il modo migliore per rimanere delusa. Per quanto mi sforzassi però non riuscivo a vivere un'esperienza senza immaginarmi cosa sarebbe potuto accadere: la costruivo mentalmente per giorni, aggiungendo sempre più particolari e prefigurandomela ancor prima di viverla. A volte rimanevo delusa. A volte la realtà superava le aspettative.

La zona era incantevole: alberi, prati, fiori e, al nostro cospetto, un'imponente parete rocciosa che sembrava avere tutta l'intenzione di proteggerci da qualsiasi nostra paura. Non fu facile trovare il posto dove montare la tenda. Troppo isolato. Troppo affollato. Troppo ombreggiato. Alla fine mi affidai a Giacomo, che di queste cose se ne intendeva di certo più di me, e montammo la tenda in un'ampia radura circondata da un bosco degno dei migliori film fantasy, in cui elfi e folletti popolano rocce ricoperte di muschio e giocano con la corteccia umida degli alberi. La vista tutt'intorno era mozzafiato. Il cielo sopra di noi azzurro e limpido.

Dopo aver montato la tenda, mi sdraiai sul prato e inspirai aria fresca, che mi riempì i polmoni e la mente: stavo bene come non mi sentivo da troppo tempo. Ero in pace con il mondo ma soprattutto lo ero con me stessa. Più passavano gli anni e più avevo imparato a perdonarmi, a trattarmi con la stessa generosità con cui trattavo gli altri.

Mentre la mia mente vagava sui massimi sistemi, Giacomo si muoveva da una parte all'altra come una formichina laboriosa, parlando di tanto in tanto fra sé. Mi misi a sedere osservandolo incuriosita.

– I rami più grossi, quelli reggono la pira, devono essere posizionati in corrispondenza dei punti cardinali – mi disse motivando la presenza della bussola sul terreno.

– Posso aiutarti in qualche modo? – Capii che nell'aria c'era un non so che di magico, di ancestrale: volevo farne parte ma entrando in punta di piedi; volevo esserne accolta, invece di bussare per chiedere di potervi partecipare.

– Certo! – mi rispose facendomi capire che la porta era già spalancata. – Puoi aiutarmi a legare i quattro bastoni... diciamo con qualcosa di resistente... ecco, con questo! – Mi porse una sorta di lungo filo di una qualche erba che sembrava prestarsi bene per lo scopo.

Riempimmo la pira con i legnetti che aveva raccolto. Portammo a termine l'operazione in silenzio, con una sorta di solennità. Sentivo che stavamo facendo qualcosa di speciale, anche se non mi era ancora chiaro da cosa derivasse questa sensazione. Di tanto in tanto Giacomo borbottava tra sé e sé qualche consiglio su come potevamo riempire al meglio gli spazi tra i legnetti o su come sperava che il fuoco durasse più di qualche minuto.

– Non ho fatto molti fuochi sacri quindi non so se funzionerà... questa pira potrebbe durare cinque minuti come mezz'ora. Vorrei fare anche un'offerta al fuoco. Se ti va puoi prendere dal bosco qualcosa che ti ispira e dargli un'intenzione: sarà la tua offerta.

Di colpo fu ansia da prestazione: cosa dovevo raccogliere? Come dovevo raccoglierlo? Che tipo di intenzione dovevo dargli?

– Non pensarci troppo. Tu cammina solo qua intorno e vedrai qualcosa che ti colpirà più di altro, può essere una corteccia, un rametto, non ha importanza. Crea qualcosa che per te sia bello, fatto con cura, e dagli un valore. Affidagli poi un'intenzione per quando lo daremo come offerta al fuoco.

Mi incamminai dove ancora non ci eravamo spinti: un leggero avvallamento coperto di erba e fiori selvatici. Mi accorsi come le parole di Giacomo iniziarono ad acquisire senso dentro di me, come guardandomi attorno con attenzione potessi notare più un fiore di un altro, o la particolarità di una pianta che si distingueva dal resto. Iniziare a creare la mia intenzione mettendoci tutto il trasporto che caratterizzava per me quel momento. Mi addentrai nel bosco, sembrava di essere in un film del Signore degli Anelli, non mi sarei stupita se ad un tratto fosse spuntato uno hobbit o un elfo; raccolsi la stessa erba che avevamo utilizzato per legare i pali della pira e lasciai andare tutta la commozione che mi era salita dal cuore, lasciai che le lacrime mi scendessero sulle guance e cadessero per terra, come un ritorno alle origini. Erano lacrime di gratitudine per quello che stavo facendo ma anche per la persona che ero diventata, di stima verso me stessa e verso il percorso che stavo facendo, di incoraggiamento per le difficoltà che avrei dovuto ancora affrontare, forte di quello che mi aveva forgiata fino a quel momento. La mia intenzione era dedicata a me, alla persona che avevo imparato ad amare e alla migliore alleata che potessi essere per me stessa.

Mi asciugai gli occhi e tornai alla tenda. Giacomo era intento a creare un cerchio di sassi attorno alla pira.

– Ah eccoti. È arrivato Ago.

In questo strano week end che avevamo organizzato era stato coinvolto anche un terzo amico, Agostino, che con la sua solita e ormai proverbiale affidabilità il giorno precedente ci aveva avvisato che ci avrebbe raggiunti per l'ora di cena. Accompagnarlo alla tenda fu come invitare per la prima volta un amico a visitare la propria casa: gli mostrai il contesto e gli spiegai il motivo della scelta di quel luogo. Giacomo gli mostrò fiero la nostra pira e gli chiese se volesse fare anche lui un'offerta al fuoco. Agostino rimase frastornato da tutte quelle informazioni, ci volle un po' di tempo perché si ambientasse e si sentisse a proprio agio.

Il giorno stava lentamente volgendo alla fine, il sole era sempre più basso e sempre meno intenso. I colori di quel tramonto si riflettevano tutti attorno a noi, tra le fronde degli alberi, sul crinale della montagna, sul prato. L'atmosfera era serena, rilassata, come non mi capitava di notare da tempo.

La temperatura iniziava a scendere, così come il sole, iniziando a farci desiderare il fuoco che avevamo preparato con cura.

Mi avevano affidato il compito di portare la cena, il che mi creò non poco disagio di fronte a due ottimi cuochi come Agostino e Giacomo. Sembrarono però apprezzare il farro vegetariano in cui mi ero cimentata, forse anche grazie al contributo della bottiglia di vino che accompagnava la cena. Ho sempre amato la convivialità che si crea durante queste cene informali e un po' improvvisate: ci trovammo a parlare del futuro, dell'imminente viaggio di Giacomo per il Cammino di Santiago, del desiderio di Agostino di partire e di tornare in America, delle mie aspettative per il mio viaggio in van in giro per la Sicilia.

– Accendiamo il fuoco?

Nemmeno il tempo di sentire la nostra risposta che Giacomo si stava incamminando verso la pira. Non potemmo fare altro che seguirlo un po' titubanti e un po' incuriositi di cosa sarebbe successo. Con noi l'offerta che avevamo preparato e un bicchiere di idromele.

– Dobbiamo vedere il fuoco come una presenza viva, che è qui con noi per qualche tempo e poi se ne andrà. Abbiamo posizionato i quattro pali portanti in direzione dei quattro punti cardinali. Possiamo posizionarci in corrispondenza del punto che sentiamo a noi più vicino.

Scelsi il sud, d'istinto, senza rifletterci troppo.

Nel momento in cui Giacomo accese il fuoco con i fiammiferi, trattenni il respiro, come se questo potesse aiutare a far bruciare i legnetti più facilmente. In poco tempo ci ritrovammo attorno a un fuoco vivo che ci riscaldava non solo il corpo.

– Bene. Per ringraziare il fuoco, possiamo fare un brindisi. Ognuno può dire due parole o semplicemente alzare il bicchiere e brindare.

– Inizio io! – disse Giacomo vedendoci un po' titubanti. – Un brindisi a questo fuoco che ci accompagna in questa sera speciale. E un brindisi a noi tre che stiamo vivendo qualcosa di unico. – Bicchieri al cielo.

Sentivo che potevo prendermi il tempo di cui avevo bisogno, che potevo scegliere le parole giuste ma, mentre stavo ancora riflettendo, in maniera incontrollata le parole presero il sopravvento e mi trovai a proporre il mio brindisi: – Io vorrei brindare a noi tre. Al nostro percorso e alla vita che ci attende. – Bicchieri al cielo. La voce era spezzata: avevo sempre avuto difficoltà a gestire le mie emozioni.

L'attesa dell'ultimo brindisi, quello di Agostino, mi sembrò interminabile. Dopo essermi sciolta, non vedevo l'ora di continuare questo inaspettato rituale ed ero curiosa di capire a cosa avrebbe brindato un'anima fragile come lui. In realtà, si limitò ad alzare il bicchiere senza dire una parola. Inizialmente fui amareggiata perché non aveva voluto condividere con noi un suo pensiero intimo, poi considerai quel gesto un atto di estrema dignità e capii che non c'era bisogno di esplicitare le sue intenzioni, i suoi pensieri, quello che aveva dentro.

I nostri dubbi su quanto sarebbe potuta durare quella pira, erano ormai passati. Il fuoco era sempre più vivo e Giacomo ci fece notare che la tendenza era verso nord, segno di abbondanza per noi.

Restammo lì ancora un po', in silenzio, a guardare il fuoco e le stelle.

– Ora possiamo prendere le nostre offerte – interruppe il silenzio Giacomo.

Non ci furono spiegazioni per questo passaggio, semplicemente adagiò l'offerta che aveva preparato nel fuoco. Solo in quel momento notai con tenerezza che aveva preparato una sorta di bambolina fatta di foglie e corteccia, mi ricordò una bambolina guerriera, fragile e forte allo stesso tempo. Non avevo mai visto Giacomo sotto questa luce: per me è sempre stato la colonna del gruppo, l'unico che aveva trovato il proprio scopo nel mondo, non avevo mai preso in considerazione che potesse avere delle insicurezze, delle fragilità, lo vedevo come uno spirito guida distaccato dai problemi del quotidiano e dalle banalità, ma forse mi sbagliavo, forse anche lui aveva dai punti d'ombra.

Quando fu il mio turno baciai quel mazzetto di fiori che avevo preparato con tanta cura e gli sussurrai un grazie, che in realtà era rivolto a me. Non bruciò subito, anzi temetti che cadesse fuori dal fuoco, ma con tenacia restò sul legnetto dove era stato appoggiato e lentamente lo vidi disperdersi fra le fiamme.

L'offerta di Agostino fu invece veloce e accompagnata da un gesto quasi stizzito. Tre persone, tre approcci diversi ma uniti a doppio filo l'uno all'altro.

La maestosità del momento si diradò e ci sedemmo sull'erba umida volgendo gli sguardi nuovamente verso il cielo. Le stelle sembrarono essersi moltiplicate rispetto a pochi minuti prima.

– Guardate il Grande Carro – indicò Agostino.

– Possibile che faccia sempre fatica a identificare qualsiasi cosa si trovi nel cielo? – dissi sforzandomi di trovare le stelle che mi indicava.

– È questione di abitudine. Guarda, quella è la stella polare. Da lì puoi vedere Cassiopea che forma un W.

Mi ci volle un po' per trovarla ma quando poi la individuai non riuscii a vedere altro, era proprio lì di fronte a me, in quella porzione di cielo più luminosa che mai.

Giacomo ci raccontò il mito di Orione, che a quell'ora non era ancora visibile. Mi persi nelle sue storie e in mille fantasie su quel mondo così lontano che per chissà quali vie era riuscito ad arrivare fino a noi.

Sarei rimasta lì per sempre ma, quando le braci lentamente si spensero, il freddo della notte ci costrinse ad andare in tenda e a riposare sereni come non mai.

Il risveglio fu qualcosa di speciale.

– Guardate! – disse Giacomo e aprì la cerniera della tenda scoprendo lentamente lo spettacolo della montagna che ancora non ci eravamo stancati di ammirare.

Quella mattina mi sentii diversa. Ero diversa. Tutto era in armonia fuori e dentro di me. Non volevo tornare alla realtà, volevo restare lì e stare semplicemente bene.

Facemmo una lunga passeggiata nel bosco. Parlammo poco per goderci i nostri pensieri.

In macchina, sulla strada del ritorno, non mi voltai a guardare il posto che mi aveva ospitata quella notte; guardai la strada e ritornai con la mente all'immagine di quel cielo stellato che come un ombrello ci riparava dalle nostre preoccupazioni.

Chiusi gli occhi. Feci un respiro profondo. Li riaprii accogliendo una nuova me.

Una giornata grigia

di Laura Esposito

Un appunto sulle giornate di sole, che a me piacciono, però quando iniziano a diventare troppe, consecutive, inizio a trovarle monotone; sono giornate prive di personalità che non hanno il coraggio di tirare fuori qualcosa di proprio, di diverso.

Esiste la frase giusta, la riflessione che scioglie il nodo, la suggestione che ti salva dal baratro quando meno te l'aspetti e meno la cerchi. O l'evidenza che risveglia sensazioni.

Nei giorni di pioggia e di nuvole basse si concentrano le svolte, i dolori e le gioie che ti tengono a letto con il tuo tormento, sia esso umano o malessere dell'anima.

Nei giorni grigi hai fatto più strada, sbattuto porte e urlato, pianto e goduto. Hai camminato sotto la pioggia per lavare via un abbandono o sciacquare il fuoco che ti consumava.

Hai rincorso chi non ti voleva più, respirato l'alito del cielo basso e sentito vivo il suo peso sul petto. La felicità spesso non è un cielo sgombro, è un tappeto con gradazioni scure che ovatta i suoni e rimuove i fruscii.

È il silenzio della neve appena caduta sui campi, quando spegni il motore perché hai perso la direzione.

È il mare ancora livido di tramontana dopo la tempesta, con le barche che beccheggiano per stare più vicine.

È tirare la coperta sul tuo amante addormentato mentre fuori piove e la città urla.

È un gatto che struscia il muso contro il tuo viso mentre le finestre sudano condensa e ti chiedi quale sia il tuo posto.

Da qualche parte lassù nei cieli, dopo averci osservati per un po', l'Onnipotente si tira addosso un tappeto di nuvole, si gira, affonda il viso in un cuscino e si chiede come facciano gli umani a non amare le giornate grigie.

Poi sospira e il cielo si rischiara.

La vita che vorrei

di Francesca Cammisa

Una strada, una piazza, tanta luce. Eravamo lì che ci muovevamo sparsi, senza meta. Ma io avevo un intento ed era quello di cercare il suo sguardo e fermarlo nel mio. Ci provavo e riprovavo, avevo percepito che mi aveva notato ma sfuggiva, con quell'aria semironica e sicura di sé. Mi allontanai e presi la mia strada. Non cercavo più i suoi occhi. Ma all'improvviso mi sentii prendere da dietro. Mi abbracciò col suo braccio destro e mi avvolse la spalla fino a toccarmi il petto, avvicinando il suo viso al mio, sfiorandomi con le sue labbra e guardandomi con gli occhi sorridenti. Come per dire: ti ho preso. Provai una felicità improvvisa e una pace che da tempo stentavo a trovare. Avrei voluto rimanere ferma lì, così, per sempre.

Bip. Bip. Bip. Sono le 6 e 47.

Non avrei voluto svegliarmi. Avrei voluto restare lì, in quell'abbraccio. Avrei voluto continuare a sentire il senso di pace. Mi manca la pace. Mi manca il sorriso. Non avrei voluto perdere quella sensazione che si prova solo nei sogni. La felicità.

– Ginevra, chi era il tipo che hai sognato ma, soprattutto, c'eravamo anche noi in questo sogno?

– Non lo so chi era. Anzi, sì, lo so, era la persona che amo e che ho sempre amato.

– Ma va! E dopo tutti questi anni in cui noi quattro siamo amici non ce ne avevi mai parlato? E come si chiamerebbe questa "persona"?

– Non ha un nome.

– Certo che sei messa proprio bene! Innamorata di un sogno.

– Sì, c'eravate anche voi nel sogno, vedete? Non posso fare a meno di voi neanche nella vita che vorrei.

– Eh sì, "la vita che vorrei"... Nessuno di noi quattro qui, in questa domenica, di fronte all'immensa natura, dopo aver camminato per ore, vive la vita che vorrebbe. Tranne questo preciso istante, immersi nella bellezza che solo lontano dalla civiltà potremo mai avere. Ecco! Io mi fermerei qui per non tornare più, per non dover sentire in continuazione ciò che devo o non devo fare. È un momento giusto per festeggiare. Sapete che vi dico? Ho qui con me qualcosa per tirarci un po' su... aspettate che guardo dentro lo zaino...

– Avevo notato il tuo zaino un po' più pesante... Sei sempre il solito. No, non vogliamo niente, sei sicuro di volerti rovinare questo momento magico?

Daniele rimane con la bottiglia in mano e la guarda con voglia ma anche con disprezzo. La gira, la rigira.

– Hai ragione, Luca, non mi va neanche più, la terrò da parte per quando arrivo a casa.

– Non è quella bottiglia che può aiutarti a trovare la vita che vorresti. Più la tieni vicino e più te ne allontana.

– Luca, è l'unica cosa che mi permette di nascondermi e di dimenticare anche solo per qualche ora quello schifo di realtà in cui mi trovo. Ginevra ha i suoi sogni, io ho questa. Mi alzo alle 5, raggiungo mio padre, sempre nervoso fin dalle prime ore del giorno, andiamo in falegnameria e si finisce alle 7 di sera. Non gli va bene mai niente, urla, urla e urla "devi imparare, tutto questo l'ho creato anche per te, sarai tu che dovrai portarlo avanti". Ogni giorno, ogni santo giorno sento le sue urla. Le ricordo fin da quando ero bambino.

– Io ricordo che quando eravamo bambini arrivavi a scuola sempre triste e un giorno che avevamo ginnastica vidi sulla tua schiena i segni di quella maledetta cinta. Ero piccolo, non sapevo come comportarmi e feci finta di niente. Dopo tutti questi anni, complice questo odore di terra di bosco, vorrei chiederti scusa per non aver fatto niente. I sensi di colpa mi hanno accompagnato per anni per averti visto soffrire e non aver fatto abbastanza.

– Luca, non hai bisogno di scusarti di nulla. Eravamo piccoli e io non ero in grado di chiedere aiuto ma avevo capito la tua vicinanza. Come vedi, dopo tanti anni, siamo ancora qui, seduti sotto questo albero, uno di fronte all'altro. Rimprovero me stesso di aver permesso che lui decidesse ogni cosa della mia vita, anche da adulto. Ha fatto in modo che Rosa se ne andasse perché era stata l'unica che aveva avuto il coraggio di difendermi. E lei non mi ha perdonato di non aver preso posizione e di non averla difesa a mia volta. A proposito, ieri mi è arrivata la richiesta di divorzio, mi vuole togliere un sacco di soldi ma sembra che mi lasci Black, per fortuna. Il sabato sera è mio insieme a lui e a questa bottiglia. Non vi nascondo che le sere in sua compagnia stanno aumentando. Per fortuna rimane la domenica per stare con voi e insieme a questo cucciolo meraviglioso, senza di lui sarei davvero perso. Valentina, mi passi l'acqua per favore?

– Ecco, Daniele, prendi. Anche io sogno spesso come Ginevra. Ho sognato una stazione. Una di quelle stazioni di periferia. C'era il sole. Una luce splendente avvolgeva me e lui. Eravamo fermi lì sulla banchina in attesa di un treno. Eccolo che arriva, un treno d'altri tempi, di quelli fatti a scompartimenti che per entrarci dovevi salire due scalini alti. Si ferma davanti a noi. Ci guardiamo, ci sorridiamo, ci prendiamo per mano e ci accingiamo a salire sul quel treno. Poi mi sono svegliata di soprassalto.

Avrei voluto prendere quel treno. Uno di quei treni che passano una sola volta nella vita. Quanti treni mi sono passati davanti. Alcuni si sono fermati ma io non ci sono salita. Ero stata contattata da una società che cercava persone con il mio profilo. Parlai con l'intervistatore e dissi al termine del colloquio che non mi interessava. Il tipo si innervosì e mi disse con tono acido: è solo che mi dispiacerebbe farle perdere uno di quei famosi "treni" senza averci prima guardato dentro. Quel treno si fermò davanti a me ma io non ci salii. E non è stato il primo.

Anche lui si innervosì come l'intervistatore quel giorno che gli dissi che non l'avrei seguito a Londra. Presi quella decisione forse senza neanche pensarci. Ho visto la rabbia, la delusione, l'odio nei suoi occhi. Se ne andò senza una parola. Ma io volevo che si voltasse, che mi guardasse negli occhi e che me lo chiedesse una seconda volta, e io che cosa avrei fatto? Sarei andata con lui? Non lo saprò mai. Abbiamo pianto senza dircelo per anni ma nessuno dei due ha alzato il telefono per chiedere scusa per il male che ci eravamo fatti. Io per aver detto di no, quasi per gioco, e lui per non essersi voltato.

Le scelte determinano le nostre vite. Con il senno di poi mi chiedo perché non ho fatto quella scelta. Ora non sarei qui e dove sarei? Come sarebbe la mia vita se all'improvviso senza pensarci fossi salito su uno di quei treni. Ma i treni che vorrei prendere passano sempre nella direzione contraria e mai dalla pensilina in cui mi trovo. La cosa peggiore è che non decido mai di saltare e passare dall'altra parte. Il destino ti mette di fronte a delle scelte, se non sei capace di cogliere e seguire quella giusta, anche il destino ti volta le spalle e se ne va. Però cerchi quella "voce dentro di te" ma non sempre riesci a trovarla, anzi quasi mai. Perché mi guardi così Luca?

- Perché tutto questo parlar di sogni mi ha fatto venire in mente un mio sogno ricorrente.

Una stanza buia, mi muovo a quattro zampe da destra a sinistra, avanti e indietro, come un ragno impazzito. Sento che c'è anche lei nella stanza che si muove in egual maniera ma non ci incontriamo mai. Non ci tocchiamo, né ci sfioriamo. Ma dov'è? Che angoscia sapere che è lì e non poterla toccare. Mi chiedo sempre cosa questo sogno voglia dire.

Che strana sensazione, sentire e non vedere. Avvertire che qualcuno ti sta accanto e non avere gli occhi per vederlo. Muovere le mani, con la speranza di toccare anche solo il lembo della gonna e invece ci si ritrova ad agitare le braccia nel vuoto. Quante persone e situazioni ti passano accanto che ti potrebbero salvare e non le vedi, però ne senti l'odore e pensi: perché non sono capace di vedere? Colpa del buio che ci avvolge o di quel velo scuro che copre i nostri occhi?

– Sai cosa mi fa pensare questo tuo sogno? Alla tua storia con Alessandra. Vi cercate, vi trovate, vi perdete ma non riuscite mai a fermarvi.

– Sai, Ginevra? Io penso che sia Alessandra che non abbia mai voluto farsi vedere e quelle volte che si riavvicinava mi toglieva il respiro e poi scompariva di nuovo. Ma io so che è sempre lì, che mi cerca ma non vuole farsi vedere.

– Lasciala perdere, che non ne vale la pena, sai bene di non essere l'unico.

– No, Ginevra, io so che Alessandra c'è sempre per me ma aveva i suoi buoni motivi per andarsene. Io ho sbagliato nel non dirle che quanto successo non fosse colpa sua. Vale la pena, ti assicuro che vale la pena aspettarla. Ora siamo entrambi soli, anche se lei cerca sempre un diversivo, ma siamo senza una famiglia... senza...

– Eh già, è una grande pena... Ma a proposito di "non essere gli unici". Visto che siamo qui a raccontarci i nostri sogni, vi racconto anche questo.

Mi trovo in un appartamento. Sento dei rumori nell'altra stanza. Mi avvicino e lo vedo mentre fa l'amore con un'altra ragazza. Alza gli occhi, mi vede e con lo sguardo mi dice: non pensare di essere l'unica, io sono un uomo libero. Uno sguardo che mi trafigge il cuore e l'anima.

Il dolore provocato da quello sguardo persiste e insiste ogni giorno della mia vita.

Una delle ragioni che influenzò la mia decisione di non seguirlo a Londra è stata proprio questa, a lui piacevano anche le altre donne. Mi sfidava continuamente e mi tradiva, credo pure che non fosse mai venuto a conoscenza del fatto che io sapessi tutto. A volte penso che la mia scelta di non seguirlo fosse da lui sperata e anelata nel profondo, in qualche modo avevo deciso io per lui e probabilmente ne era anche sollevato, non doveva essere lui a prendere la decisione. Certo, lui si mostrava perfetto, quello che non sbagliava mai, ero io che non avevo voluto seguirlo, la colpa era mia ma ignorava la ragione per cui io non andai con lui. Nonostante sotto sotto fosse quello che voleva, la prese come un affronto e, da quanto poi ho saputo, ne soffrì abbastanza. Ma non quanto me.

Dopo tutto questo mi chiedo come mai possa essere ritornato nei miei sogni dopo tanto tempo. Forse dovrei cercarlo solo per sanare quella ferita che evidentemente è rimasta aperta? Un confronto per mandarci a quel paese definitivamente o per riabbracciarci? E se nel contattarlo mi ignorasse? Non sanerei la ferita e ricomincerebbe tutto daccapo. E se invece rispondesse e io non volessi più vederlo? E se... I problemi non si risolvono con i “se”, quella voce io ora non la sento e non so che fare.

Daniele si volta verso Luca e comincia a fissarlo.

– Che c’è? Perché ti sei incantato a guardarmi?

– Non è Alessandra l’ombra del tuo sogno. È Pietro, vostro figlio. Il destino è stato crudele. Nessun padre dovrebbe mai sopravvivere ad un figlio. Ma lui è lì accanto a te sempre, non puoi vederlo ma c’è. Lo sai bene, io penso solo che tu e Alessandra dovreste abbattere quel muro che vi divide, questi dolori si superano insieme.

– Non lo so, Luca, non so più che fare. Rivederla riaprirebbe una ferita che non riesce a rimarginarsi ma vorrei che tornasse e io sono qui ad aspettarla. Nel profondo, non so neanche se lei sia riuscita ad elaborare quel lutto che ci ha diviso.

– Ragazzi sapete che penso? Che vorremmo fare tante cose, comportarci in un certo modo, prendere la decisione giusta ma spesso non ne siamo capaci. Ci sono dei momenti in cui si sente il bisogno di trovare dentro noi stessi quella voce che risuona e che ci dica cosa fare. Se si riguarda il corso delle nostre vite ci rendiamo conto che ci sono momenti "di forza" in cui si è capaci di affrontare il mondo senza pensare, si va avanti e non ci si preoccupa se quel che ci sta accadendo sia giusto o no, come dei caterpillar proseguiamo cercando di raggiungere tutti gli obiettivi che ci eravamo proposti. Ci si sente sicuri e non ci preoccupiamo se quanto stiamo facendo possa far male o meno a chi ci sta intorno. Io invidio le persone che ci riescono, per quanto mi riguarda questi momenti in cui la "forza" non mi ha abbandonato sono stati rari e sporadici. C'era sempre qualcuno o qualcosa che faceva in modo, insinuandomi continui dubbi, che non fossi più sicura di quella forza.

Ci sono altri momenti in cui ci si sente persi, quei momenti in cui non si è più sicuri che ciò che si sta facendo sia giusto o meno. In quei momenti si va avanti sperando che il mondo, con i suoi eventi improvvisi, possa decidere la strada per noi.

Ci sono momenti in cui si ha il bisogno di sentire quella voce dentro noi stessi che ci indichi la strada. Può capitare che accadano degli eventi improvvisi che stravolgano i nostri esseri che fino a quel momento si trascinavano nella noiosa quotidianità, senza slanci. Ci si butta a capofitto, pensando "finalmente mi sta accadendo qualcosa di bello!" E non si vuole dare attenzione a quella voce in fondo che dice "stai attento, non è come sembra, c'è qualcosa che stona". Ma tu la ascolti da un angolo ottuso e vai avanti credendo con tutte le tue forze a quel film che è diventata la tua vita. Ci credi, la coltivi, ti esalti, ridi, soffri, sorridi di nuovo e piangi. E sbagli. Ti guardi intorno cercando quella voce che ti può aiutare ma non c'è e precipiti.

Abbiamo bisogno di ascoltare quella voce che ci dica da dentro cosa è giusto e cosa no ma spesso non la sentiamo, non la troviamo e non possiamo trovarla neanche fuori di noi, perché chi vede le cose da fuori non può mai capire quale sfumatura rende diversa la nostra storia da quella di chiunque altro.

Quella voce mi aveva detto che stavo sbagliando, che dovevo mollare subito, che mi dovevo allontanare ed è accaduto quello che non volevo succedesse, anche se sapevo che sarebbe accaduto prima o poi. La stessa voce mi diceva di perseverare, che le cose sarebbero cambiate, che tutto si sarebbe sistemato. Non trovo più quella voce, sono diventata sorda a me stessa. Devo cercarla. Qualcuno mi deve aiutare.

– Ginevra, non hai mai voluto raccontarci quanto ti fosse accaduto ma, nonostante questo, ti siamo stati accanto nella tua depressione e non abbiamo mai chiesto di più. Quando sarai pronta ci proverai.

Ci sono questi alberi, queste foglie, questo panorama, questi piccoli animali che abbiamo intorno e che ci guardano incuriositi. Ci siamo noi che proviamo ad aiutarti a cercare quella voce. Ma non possiamo essere noi quella voce e dirti cosa fare o non fare, perché la devi trovare dentro te stessa. Noi possiamo solo supportarti, ascoltarti, discutere, ma non decidere per te. Sono anni che porti dentro questa inquietudine.

– Daniele, ognuno di noi porta un peso nel cuore, che sia per amore, per incapacità di risolvere i problemi esistenziali, per la perdita di un figlio, per l'incapacità di affrancarsi da un padre prepotente, difficoltà che ci rendono difficile comprendere le nostre vite. Non so se a voi capita di chiedervi se la vita che state vivendo sia veramente la vostra o un insieme di obblighi, di scelte, di doveri...

– Guardate! Ma che sta succedendo? Black, ma dove eri finito?

Il sole aveva superato lo zenit ed emanava una luce meravigliosa. Il cielo era limpido, quella limpidezza tipica di settembre, gli uccelli volavano in alto. Da lassù il mondo sembrava silenzioso, molto di più di quei leggeri rumori del bosco. I raggi del sole si posavano sulle foglie, sui fiori e sui loro visi. Black era tornato seguito da altri piccoli animali, tra cui un piccolo cerbiatto che si fermò a guardare i quattro amici, che rimasero lì, fermi, in silenzio perché null'altro avrebbero voluto dire, se non pensare "questa è la vita che vorrei..."

Tela di desideri

di Alessandro Tozzola

La prima cosa che sentì Eleonora mettendosi a letto fu il profumo del lenzuolo fresco di bucato. Un sapore mielato, il profumo dei ricordi più belli che si nascondono negli anfratti della mente. I ricordi, quelli belli, sono come dei pesci pagliaccio: piccoli e schivi, per trovarli devi scandagliare minuziosamente il fondale, affondare le mani nei tentacoli urticanti di un'anemone. Come il ricordo di suo padre che, quando era piccola, le rimboccava le coperte, le raccontava la storia della buonanotte e non appena credeva che si fosse addormentata le sfiorava la fronte con le labbra.

Nel buio, Eleonora sentì un suono che le gelò il sangue, poi una volta riconosciutolo la fece sospirare di tristezza. I ricordi, quelli brutti, hanno invece le sembianze di una murena, che si acquatta tra le rocce pronta ad aggredirti al primo calo della guardia. Terribile, come il suono del pianto di sua madre, leggero, soffuso, nascosto, molto ben udibile nel silenzio notturno della loro casa.

Terribile, come il suono della serratura della porta l'ultima volta che lui l'aveva chiusa dietro di sé. Fuori dalla finestra il cielo era limpido, per cui poteva osservare una bellissima luna piena e una miriade di stelle; tutte quante insieme, sembravano tessere una trama complessa. Eleonora si ritrovò a seguire quel complicato intreccio, partendo dalla luna e unendola man mano alle varie stelle, cercando di ricostruire un quadro compiuto, che le potesse mostrare il perché di quegli eventi nefasti. Ma a un certo punto, il filo si interrompeva, o forse era lei a perderlo, per cui doveva ricominciare daccapo. A quel punto, ripeteva l'operazione, concentrandosi di più, magari scegliendo un percorso e un intreccio diversi ma, niente, si smarriva sempre. E non riusciva a ritrovarci una parvenza di senso compiuto. Fu così che a un certo punto, all'ennesimo tentativo andato a vuoto, uscì da quello schema e cominciò a tessere una trama del tutto nuova, disfacendo e rifilando nella mente il gomitolo, facendo sì che seguisse il fluire dei suoi pensieri. Il tutto, però, non per la ricerca di una ragione del male bensì per formulare il suo desiderio più grande.

***

Giaccio supino in questa gabbia buia, incapace di muovermi. Ho il vago ricordo di qualcuno in camice bianco che mi strapazzava, mi girava da una parte e dall'altra sussurrandomi parole dolci; ma perché mi parli con così tanta dolcezza, se poi le tue mani sono così rudi, mentre mi maltrattano?

– Come stiamo andando? Sente fastidio?

– Come vuoi che vada, pezzo di stronzo? Ho male dappertutto.

– Non si preoccupi. Vedrà, adesso starà meglio.

E subito qualcosa mi stringeva da ogni parte, il petto, i fianchi, il bacino, ogni osso, il buco del culo.

– Come si sente? Meglio adesso, vero?

Penso di aver risposto qualcosa di brillante, tipo un mugolio. – Mmmmh. – Sì, proprio così, poi di nuovo perdevo il lume della ragione, come se tutto questo fosse stato un sogno, che diradandosi mi riportava in questo limbo, l'unica realtà a cui posso veramente appartenere. Dal momento che non distinguo niente, cerco di fantasticare su dove possa trovarmi. Figuro quindi delle pareti scure, come la camera di una cattedrale, tanto luogo di asilo per delle membra stanche come le mie, quanto un luogo importante, ricettacolo di ombre antiche e misteri. Sopra, un cielo stellato, ed effettivamente in lontananza riesco a scorgere una miriade di piccoli puntini luminosi. Una fitta di nostalgia mi prende. Vorrei tanto poter vedere questo bel cielo con mia moglie e mia figlia.

È il mio desiderio più grande.

All'improvviso esplode un bagliore sotto di me, che mi acceca. Una fonte luminosa immensa, come un portale, riversa ondate di luce rivelandomi che in realtà tutt'attorno non c'è un bel niente e che la superficie su cui sono adagiato è una lastra di vetro trasparente, piena di crepe. Esse si allargano, la struttura comincia a scricchiolare. Mi aggrappo con tutte le mie poche forze ad ogni appiglio che sono in grado di trovare ma già mi sento cadere.

Già mi sento morire.

***

Nel buio, Eleonora sentì un calpestio leggero, piccoli tonfi cadenzati, tump, tump, tump, che salivano le scale. Di colpo era di nuovo sveglissima, col cuore in gola. La luce della luna entrava dalla finestra ma adesso era fredda, impassibile. La maniglia produsse un cigolio lento. Eleonora si mise immobile, la testa per metà sepolta sotto il piumone, all'improvviso non più una giovane adulta bensì una bambina impaurita. Non voleva vedere chi o cosa fosse entrato. Se lei se ne fosse stata tranquilla, forse se ne sarebbe andato senza farle del male. Qualcosa di caldo le si posò sulla fronte.

– Eleonora?

Un bacio.

Sentendo quel sussurro, la ragazza scattò a sedere. Distinse una sagoma umanoide, che le parve di riconoscere, ma era impossibile, non poteva essere lì, non aveva alcun senso.

– Papà? – sussurrò sconvolta.

La sagoma sorrise nel buio e mormorò: – Vieni con me.

Adesso Eleonora e suo padre erano in macchina e stavano percorrendo l'autostrada deserta e pallida sotto il tenue sole nascente di dicembre. L'aveva appena portata a fare colazione. Mentre lei beveva un cappuccino, lui non aveva smesso di parlare del più e del meno, come se fosse tutto normale. Anche in quel momento lui continuava a parlare; lei si limitava a rispondere a monosillabi ogni volta che veniva interpellata.

– Cos'hai, piccola mia? Mi sembri pensierosa. Non sei contenta di vedermi?

A questo punto lei gli rivolse lo sguardo per la prima volta.

– Certo che sono contenta di vederti. È solo che...

– Che cosa?

– Cosa ci fai qui? Non capisco. Qui, con me, adesso, è così assurdo che non so se mettermi a ridere o a piangere o entrambe le cose. Tu non puoi essere veramente qui, lo so, e ho paura che questa si possa rivelare soltanto una pia illusione.

Per un po' rimasero in silenzio, il paesaggio al di fuori era immobile, come se in realtà la macchina stessa su cui erano a bordo fosse stata ferma; screziato, in qualche modo, come se fosse stata una trama disegnata su un tessuto, un tappeto o un araldo.

– Ti sto portando a vedere una cosa mirabolante. Aspetta e vedrai.

– Dove stiamo andando?

– Aspetta, ti ho detto, e vedrai. Ne varrà la pena.

A un certo punto, Eleonora si rese conto di trovarsi in un territorio che non riconosceva. Fino a quel momento, si erano susseguiti sullo sfondo campi lasciati a riposo per l'inverno e alberi spogli, ora tutto questo era stato sostituito da una sorta di tundra piatta. La temperatura era calata in maniera vertiginosa, tanto che i suoi respiri evocavano sottili volute di vapore. Eppure, non potevano essere arrivati così tanto a nord in così poco tempo.

Suo padre fermò la macchina in un punto in cui la strada si interrompeva bruscamente. Di fronte a loro c'era un fitto strato di nebbia, che pareva solida parete.

– Che posto è questo?

Suo padre non rispose, scese facendole segno di seguirlo con un sorriso. La guidò lungo un sentiero che scendeva vertiginoso, incuneandosi tra due alte pareti di roccia brulla.

– Papà, ho paura. Non abbiamo neanche l'attrezzatura – insistette lei.

Suo padre le scoccò un sorriso furbo, lo odiava quando faceva così, e andò avanti. All'improvviso, la strettoia si aprì in un promontorio ed Eleonora poté constatare per la prima volta che quella che le era sembrata nebbia in realtà era acqua. Ai suoi piedi, decine e decine di metri al di sotto del promontorio a strapiombo, si apriva l'immensità dell'oceano, mentre in lontananza le sembrò di vedere... ma no, non poteva essere possibile... quelli là sullo sfondo avevano tutta l'aria di essere iceberg. Sembrava proprio di essere in riva al Mare del Nord.

– Papà, è magnifico. Ma come facciamo a essere qui? Non possiamo aver percorso migliaia di chilometri in così poco tempo.

Suo padre non diede segno di averla sentita. Stava scrutando il mare, un piede sopra un masso come un esploratore alla ricerca della terra promessa. – Eppure, dovrebbe essere il periodo dell'anno giusto per...

La superficie dell'acqua si gonfiò, per poi incresparsi nel momento in cui qualcosa di gigantesco veniva a galla. Quel qualcosa si sollevò, formando un ampio arco; all'apice di quel movimento, lento, come se provasse a rimanere sospeso in aria, di generò uno zampillo d'acqua e vapore che si innalzò alto verso il cielo. Subito, comparvero altre creature simili, che imitando la prima salirono a galla per respirare ed esibirsi in figure analoghe.

Eleonora era rimasta a bocca aperta, ammirando quello spettacolo, troppo meravigliata per poter proferire parola.

Suo padre, ridendo, esclamò: – Lo sapevo!

A quel punto, Eleonora riuscì a balbettare l'unica banalità che la sua mente esterrefatta fosse in grado di elaborare: – Balene.

Le balene sfoggiarono ancora per qualche minuto la loro magnificenza, ripetendo quel rito e compiendo dei cerchi concentrici nel loro tragitto. Le creature più piccole stavano al centro, probabilmente erano i cuccioli che in questo modo venivano protetti dagli esemplari adulti; poi, mano a mano, una a una, si inabissarono e scomparvero nel silenzio.

Eleonora sentì la mano del padre appoggiarsi sulla spalla. – Era fin da quando eri piccola che mi assillavi per accompagnarti a vedere la danza delle balene. Adesso, finalmente, posso dire di averti ci portata.

La ragazza si voltò verso il padre e lo abbracciò, completamente dimentica, adesso, del fatto che non poteva in alcun modo essere lì con lei per davvero.

– Grazie, papà.

– Ma cosa dici? Non devi ringraziarmi. Ho solo guidato nel nulla per qualche migliaio di chilometri, e...

– No. Grazie per essere tornato da me.

Eleonora si godeva il calore emanato dal corpo del padre, in quel mondo gelido e fuori dai confini conosciuti. Doveva essere per forza un mondo magico, visto che adesso i colori del paesaggio parevano incresparsi e sfilacciarsi, come le maglie di una tela che si stava sfilando.

– Lo sai cosa mi ha portato qui da te? – sussurrò suo padre.

– No. Cosa?

– Una forza che tiene insieme il mondo intero: i desideri di ognuno di noi. Sai, il mondo è come un enorme telaio instabile, quasi come se potesse crollare da un momento all'altro. Sono i desideri e la volontà di ciascuno di noi a tenerlo insieme, come tantissime corde. Ed è stato proprio seguendo una di queste corde che sono riuscito a ricongiungermi a te.

Il mondo si stava sciogliendo. Il mare era imploso in un abisso, il cielo era crollato fino a mescolarsi con il mare, il promontorio sotto i loro piedi ondeggiava paurosamente. Il calore di suo padre si faceva via via sempre più flebile.

– Papa?...

– Adesso devo proprio andare, figlia mia. A presto.

Il mondo crollò sfibrandosi, la ragazza sprofondò nel buio.

Era di nuovo immersa nel suo mondo conosciuto, materiale, fatto non più di fili di seta bensì dal fluire dell'aria notturna che rendeva invisibile i contorni della sua stanza. Una nuvola aveva coperto la luna, probabilmente era stata questa a interrompere la magia. O era forse un sogno? Di sicuro, era di nuovo da sola. Eppure, dentro di lei non c'erano rimasti pensieri con la forma di un pesce pagliaccio o di una murena, ma solo qualcosa di molto più grande, che le suscitò un sorriso spontaneo, prima di addormentarsi.

***

Il vetro sotto di me sta per crollare, sento la struttura cigolare. Il portale di luce sotto di me si dilata, pronto ad accogliermi, ma non percepisco nulla di benevolo in esso. Non posso farci niente: sono immobile, con la schiena bloccata dal dolore e senza gambe. Dove voglio scappare? Sono impotente. Alla fine, la struttura crolla e io mi rassegno di sprofondare nell'oblio.

Ma invece non cado. Apro gli occhi e mi rendo conto di due cose: la prima, qualcosa dall'alto mi tiene sospeso; la seconda, alzando lo sguardo, è che quel non so che non sono altro che tanti sottilissimi filamenti, come cavi d'acciaio, o forse fili da burattinaio, provenienti da un gorgo oscuro sopra di me. In quei fili percepisco una strana volontà, che non riesco a riconoscere ma che, mi rendo conto, non ha nulla di malevolo. Anzi, ci sono sentimenti di amore ma anche di mancanza. Questi fili, lentamente, cominciano a tirarmi su, verso quella tempesta alta nel cielo.

***

Caro diario,

oggi sono ormai sette anni che sono qua al fronte. Evviva! Festeggiamo! L'aria è frizzante, tra poco sarà Natale ma nessuno ha voglia di festeggiare. La fine della guerra sembra ora più che mai lontana. In questo momento, mentre scrivo queste righe, sono seduto esausto su una sedia improvvisata della tenda della medicina d'urgenza, mio luogo di lavoro da ben sette anni, evviva! Festeggiamo! Ho appena finito il mio giro. Una fiammella timida illumina un poco l'ambiente, ha paura come di disturbare il sonno dei moribondi.

Magari si potessero svegliare. Nulla mi renderebbe più felice.

Anzi, non è vero. Il mio desiderio più grande sarebbe quello di rivedere mia moglie e mia figlia. Eleonora. Chissà quant'è cresciuta.

Il paziente davanti a me si è appena mosso nel sonno, ha bofonchiato qualcosa ma non mi allarmo né mi esalto, succede spesso; quando non hai più le gambe e hai la schiena spezzata, con delle schegge di bomba dentro, sai che è solo questione di tempo. Inutile darsi false speranze. Teniamolo addormentato e basta, speriamo che soffra il meno possibile.

Guardo fuori dalla finestrella. Il cielo è stellato, i corpi celesti sembrano uniti tra di loro da un intreccio luminoso, come se tutto quanto fosse collegato da una forza troppo grande da poter immaginare. Un bagliore improvviso. Trattengo il respiro. È un missile. Siamo sotto attacco. Aiuto. Giù. Non le rivedrò mai più. Sono morto.

No, sono vivo. Non è successo niente. Allora cos'è stato?

Un movimento più consistente degli altri cattura la mia attenzione, mi volto e un sospiro mi muore in gola. Forse, ebbene, sono morto, perché il soldato mutilato si è rizzato a sedere e mi guarda con occhi grandi e un'espressione calma.

– Voglio vedere mia moglie e mia figlia – dice con voce sofferente.

Sul comodino di fianco al suo capezzale c'è uno specchio orientato verso la finestra, così che rifletta il cielo stellato. La luna splende e anche le stelle sono stranamente vive. Capisco, in qualche modo, che è il mondo che ci sta parlando.

– Anch'io le voglio rivedere – gli rispondo con un sorriso senza sapere perché mi sento così certo di quello che sto dicendo. – Non ti preoccupare: ritorneremo presto a casa, vedrai.

Il negozio di bottoni

di Irene Dall'Oca

Era estate, un'estate calda e afosa, di quelle che tolgono il respiro e in cui stai bene solo se metti la testa dentro al frigorifero.

Era da poco passato Ferragosto e la ragazzina era irrequieta.

Aveva fatto troppo caldo, per troppo tempo, e tra poco sarebbe andata alle scuole superiori.

L'ansia del primo giorno di scuola e la voglia di fresco le avevano messo in testa l'idea che era ora di diventare grandi e di rovistare nelle cose autunnali poste sul fondo dell'armadio.

Scrutava con occhio ipercritico ogni maglioncino e ogni pantalone: "Chi si metterebbe mai il velluto a coste? E le gonne-pantalone poi?"

Le sembrava tutto vecchio e orrendo, a parte un paio di jeans, rifilati a lei dalla cugina grande perché "tanto per andare a scuola vanno bene".

"Già, come se a scuola ci potessi andare vestita come un saltimbanco, tanto non mi prendono in giro" pensò, sarcastica e ancora ferita dai bulletti delle scuole medie.

Bisognava risolvere in fretta la situazione e per farlo poteva solo trasformare quei vecchi jeans in qualcosa da teenager, dopotutto i suoi nuovi fianchi e le forme da bambina cresciuta le piacevano abbastanza.

Le venne l'idea di stelline luccicanti, di quelle da stirare sugli abiti. Le piacevano così tanto le stelle che pensava avrebbero potuto abbellire qualsiasi cosa.

Ma dove puoi trovare delle stelline da stirare, alla fine di agosto, in quel paesino così piccolo, in cui l'unica merceria vendeva solo collant contenitivi color carne e canottiere a coste?

"Sono tutti contro di me."

Eppure, nonostante la delusione e il senso di impotenza, amplificati come solo le adolescenti possono, arrivò un'idea.

Sapeva che in città c'era un negozio di bottoni che aveva di tutto, ci andava sempre da piccola con la nonna il giorno di mercato.

Quell'estate era già stata troppo contro di lei e quelle stelline sui jeans rappresentavano la svolta, qualcosa di creativo e interessante in mezzo a tante giornate tutte uguali.

Si ricordava che il proprietario era anziano, lo era già quando ci andava da bambina, magari era morto e il negozio non c'era più. O magari era solo chiuso per ferie.

"I vecchi non vanno in vacanza. E non è morto, ci deve essere ancora!" In questo modo zittiva i mille pensieri che affollavano la sua testa e, anche se prendere l'autobus da sola per andare fino in città le sembrava un'impresa titanica, sapeva che ce l'avrebbe fatta e che presto i suoi jeans avrebbero avuto le stelline.

Era troppo importante, c'era in gioco il primo giorno di scuola.

D'estate i collegamenti con la città erano pochi, sarebbe dovuta stare fuori tutto il pomeriggio ma voleva a tutti i costi quelle stelline e le avrebbe avute.

Sembrava ancora una volta tutto contro di lei: l'autobus passava di lì a poco, la tabaccheria che vendeva i biglietti era chiusa e farlo a bordo sarebbe costato molto di più...

"Siamo nel 1994 e se uno vuole prendere la corriera all'ultimo minuto non può farlo perché il tabaccaio deve andare a letto dopo pranzo!" Mentre inveiva mentalmente contro tutti questi intoppi, rovistava freneticamente nelle giacche invernali, scovando finalmente un biglietto obliterato al contrario, che poteva riciclare per la sua impresa.

– Finalmente!!! – gridò, e stringendolo tra le mani corse alla fermata dell'autobus in fondo alla strada.

"Avrò abbastanza soldi? E se poi i miei genitori mi scoprono e mi sgridano? E se non riesco a tornare a casa?"

Con tutti questi pensieri, infilò la mano tremante nell'obliteratrice, respirando affannosamente per la corsa appena fatta e il gran caldo di quel primo pomeriggio. L'autista era un uomo sulla cinquantina, con dei grossi baffi grigi, capelli ricciolini e occhiali da sole da aviatore.

"Sembra Stalin con gli occhiali alla Top Gun" pensò ma era troppo impaurita per fissarlo e capire meglio a chi potesse somigliare, inoltre si sentiva in colpa per aver riutilizzato il biglietto.

La strada statale era deserta e il baffo aveva fretta, tanto che appena arrivati a destinazione si accese una sigaretta ancora prima di scendere.

La ragazzina poggiò il piede sull'asfalto rovente della stazione degli autobus: "Ce l'ho fatta! Posso fare tutto ciò che voglio, niente andrà storto!" E si avviò gloriosa per il viale che conduce al centro della città.

Non c'era nessuno in giro, né una macchina, una bicicletta o un cane. Faceva veramente troppo caldo, la colonnina della farmacia centrale segnava +42°. "Sarà perché è esposta al sole, non si sta poi così male" pensò, ripetendo una frase che dicevano sempre gli adulti, per dare un senso di ragionevolezza alla sua impresa.

Quel vialone sembrava infinito, la foschia e l'umidità soffocante non permettevano di vederne la fine.

Tutte le serrande erano abbassate, i negozi chiusi. Ma il negozio di bottoni doveva essere aperto, era troppo importante. E poi erano andate bene troppe cose quel giorno, non poteva che finire altrettanto bene.

Ed eccolo là! In quel palazzo del centro storico, liberty e fatiscente allo stesso tempo, con una balconata in legno intagliato dominata dai piccioni e gli intonaci scrostati: LA CASA DEL BOTTONE.

"Che nome ridicolo, i bottoni non vivono in una casa!" pensò fra sé e sé mentre la sua parte infantile ancora ben presente le faceva immaginare un bottone con faccina, gambette e braccini che la salutava dalla porticina.

Era aperto, incredibilmente. Un attimo di esitazione e via, con la mano tremante e sudaticcia spinse la porta.

Fu come entrare in un mondo a parte.

Era una stanzetta di sei metri per tre, in cui ogni centimetro e ogni angoletto erano riempiti con scatole di bottoni, impilate più o meno ordinatamente una sopra l'altra, strette fra loro e traboccanti di bottoni.

Bottoni, bottoni ovunque.

Bottoni colorati, bottoni rivestiti, bottoni grandissimi e bottoni piccolissimi.

Alla ragazzina girava la testa.

Sul lato destro c'era una cassettiera piena di merceria, scatole piene di cerniere che sembravano tante serpi e lucertole che volevano liberarsi dal pugno che le stringeva.

"Allora non ha solo bottoni, sono nel posto giusto" pensò, mentre cercava di respirare normalmente.

Sul soffitto una lampadina appesa al filo elettrico. In un angolino a terra un piccolo ventilatore rumoroso col filo spelacchiato.

La ragazzina mise un piede in quel negozio, guardando bene a terra per cercare di non pestare le scatole dei bottoni. Era difficile ma con un piccolo saltello riuscì ad entrare.

Lui era lì davanti.

Dietro a quel piccolo banchetto in legno, usurato dal tempo e ricoperto di scatole di bottoni, c'era seduto lui, il padrone del negozio di bottoni.

Non aveva mai visto una cosa del genere.

Un uomo obeso, talmente grasso che la ragazzina si chiedeva come avesse potuto infilarsi dietro quel banco senza buttare a terra le migliaia di bottoni che aveva attorno.

Grasso, immensamente grasso. Aveva persino le orecchie grasse, il naso grasso. Le dita gonfie e grasse sembravano tante salsicce.

"Come farà a maneggiare i bottoni con quei ditoni?" si chiese, curiosa.

Era anziano ma talmente pieno di adipe che la sua pelle non aveva neanche una ruga. Sembrava che stesse per esplodere da un momento all'altro. Era tutto rosso, forse era il calore soffocante ma in realtà la ragazzina si accorse che tutta la sua carnagione aveva quel colorito.

In mezzo a tutto quel grasso e a quel rossore, c'erano due occhi azzurrissimi, lucenti come il mare più limpido, che brillavano vivi come non aveva mai visto in una persona.

– Buongiorno.

– Ciao *bèla*, cosa ti occorre?

La voce di lui le ricordava quella di un suo vecchio zio antipatico ma il padrone del negozio di bottoni aveva due occhi troppo limpidi per risultare così, lasciavano trasparire una bontà d'animo innata.

– Cercavo... delle stelline, di quelle da stirare sui jeans, non da cucire – disse timidamente, sentendosi un po' infantile.

– Per cosa le devi adoperare? – chiese lui.

"Ma non mi ha sentita? Gli ho detto che le devo stirare sui jeans!" pensò lei, cercando il modo più rapido per uscire da quel negozio col suo bottino.

– Beh, ho dei vecchi jeans un po' rotti e vorrei stirargli su delle stelline per poterli usare ancora – disse con voce tremante, cercando di farla sembrare una buona idea.

– Ah ma allora con le *stèline* non ci fai molto, ti servono le toppe! – E iniziò a tirare fuori delle patacche di tela rigida.

- COMPAGNIA DEL BASSETHOUND
- AVIAZIONE MILITARE

- BIKERS GROUP 1958
- ACCADEMIA DEL FLAUTO TRAVERSO

"No no no che schifo, aiuto! Ma perché mi sono cacciata in questa situazione? E adesso come faccio a dirgli che non mi piacciono?"

Il vecchio continuava a tirare fuori toppe su toppe.

- GRUPPO SCALATORI ALPINI VAL GARDENA
- PEPSI COLA
- BATTAGLIONE BERSAGLIERI TREVIGIANI
- AUTORICAMBI SHELL

– Mi scusi – lo interruppe la ragazzina con tutto il coraggio che aveva. – Ma io avrei preferito delle stelline... i jeans non sono proprio bucati, li vorrei solo abbellire un po'... – e diventò rossa in viso per la mezza bugia che aveva detto.

– Ah ma allora se proprio vuoi le *stèline*, eccoti le *stèline*. Ma c'ho solo queste qua, vé!!! – tuonò tirando fuori una scatoletta ingiallita.

Le fece alzare il piccolo coperchio e, *meraviglia*, ecco il tesoro.

Tre differenti misure di stelline di tessuto argentato luccicante, pronte per essere applicate su quei vecchi jeans.

– SI!!! QUESTE!!! – urlò di gioia saltellando e pensando già a quante comprarne e a come attaccarle. – Ne voglio tre per tipo ma... quanto costano? – disse col terrore di non avere abbastanza soldi.

– Ti do tutta la scatola per 3.000 Lire.

Questa offerta la gelò: era molto meno delle sue più rosee aspettative, nella scatoletta c'erano ben 21 stelline.

– Va bene, benissimo! – esclamò con gioia tirando fuori dal suo piccolo portafoglio una preziosa banconota da 5.000 Lire.

Col resto ci avrebbe potuto comprare il biglietto dell'autobus per il ritorno e una cioccolatina per festeggiare l'evento.

Stava già fantasticando su come attaccare tutte quelle stelline mentre afferrava il sacchettino da quelle manone grasse e rosse. Si fermò un attimo a guardare meglio quell'uomo ancora una volta. Lo guardava maneggiare i soldi e la merce rimasta sul tavolo mentre la riponeva. Sembrava un grosso polipo che muoveva i tentacoli dietro a quel banchetto. Ma nonostante le difficoltà dovute all'obesità estrema, quell'uomo conservava una grazia e una leggiadria nel muovere le scatolette che solo gli anni di esperienza e le ore infinite passate a fare quel mestiere avrebbero potuto insegnargli.

Si muoveva delicatamente con le mani, riponeva le toppe in diverse scatole velocemente e con precisione.

Alzò lo sguardo verso la ragazzina e le disse: – *Bèla*, ricordati di coprirle con una pezza quando le stiri, se no si bruciano, sono di lurex!

– LUREX –

Questa parola sconosciuta risuonò come un monito nella sua testa.

Doveva essere importante, il LUREX.

– ... E – continuò – tieni lo scontrino che ci sono in giro i vigili!

Le porse lo scontrino con le due dita grasse e sudate, lasciando un alone bagnaticcio sulla carta chimica.

"Ma chi vuoi che ci sia in giro con questo caldo assurdo?!" pensò lei ma lo prese e ringraziò il signore, salutando educatamente. Una volta fuori dal negozio, pensò che forse non avrebbe mai più rivisto quell'uomo. Si ricordò che le avevano insegnato a leggere gli scontrini e che da essi poteva venire a conoscenza di un sacco di cose.

LA CASA DEL BOTTONE DI BONARDI ERMANNO

"Ah ecco come si chiama!" pensò. *"È proprio un nome che gli si addice!"*

Sotto c'erano la partita IVA e il codice fiscale: a scuola aveva imparato a decifrarlo.

BRN RNN 12M10 E897 M

"Dunque, 12 è l'anno di nascita, M è il mese di Agosto, come me! E 10 il giorno. Poi E897 è così anche nel mio quindi deve essere nato a Mantova anche lui!" ragionò fra sé e sé.

"È un po' più vecchio del nonno, avrà fatto anche lui la seconda guerra mondiale... ma no, come poteva andare in guerra così obeso? O magari da giovane non lo era?!..."

Camminava veloce verso la stazione degli autobus e continua a pensare a BONARDI ERMANNO.

"Chissà se è sposato. Chissà se ha una famiglia. Chissà se guadagna abbastanza vendendo bottoni per potersi permettere enormi quantità di cibo."

Si sentì molto cattiva per aver pensato questo, zittì i suoi pensieri e non fantasticò più su BONARDI ERMANNO.

Il viaggio di ritorno fu molto più veloce dell'andata e la ragazzina poteva sperare di riuscire a compiere la sua missione prima del ritorno dei suoi genitori dal lavoro.

Appena arrivata a casa corse ad aprire l'asse da stiro, poggiò i vecchi jeans usati e il sacchetto di stelline e prese in mano il ferro da stiro.

Sapeva che le era proibito usarlo da sola ma contava di finire tutto in fretta. Nessuno se ne sarebbe mai accorto.

Infilò la spina nella presa della corrente e... ZACK: un piccolo lampo e una leggera scossa al dito.

– AHIA!! Che spavento!!! – urlò. – Ma ormai è fatta, indietro non si torna!

In quel momento le venne un brivido gelido lungo la schiena.

"Che strano" pensò. "Ho la pelle d'oca con questo caldo."

Non ci fece più caso e proseguì la sua opera: posizionò le stelline su una gamba, mise la pezza sopra al LUREX, come ben consigliato da BONARDI ERMANNO e presto i vecchi jeans si trasformarono in qualcosa di nuovo.

Non erano belli, e lo riconosceva, ma sapevano meno di usato e riciclato.

Si immaginava dei jeans da teenager, pensò a quando aveva visto quell'intervista a Elio Fiorucci – "*è un genio quello stilista*" – ma il risultato ottenuto era un pochino misero.

Mise via tutto e riordinò la stanza, nascose i jeans. Doveva ancora capire se le piacevano o no.

La giornata passò normalmente e il segreto non era stato scoperto.

Si fece una gran dormita, doveva scaricare lo stress di quel viaggio solitario e segreto.

La mattina seguente ci fu un gran temporale, con vento fortissimo e secchiate d'acqua.

Passò il fornaio a consegnare il pane e suonò il campanello, svegliando la ragazzina dal suo sonno profondo.

– Accidenti a te!!!

Corse fuori in giardino a prendere il sacchetto del pane e, già che c'era, anche il giornale, fradicio per la metà che stava fuori dalla cassetta della posta.

Stese il giornale sul tavolo della cucina per cercare di farlo asciugare.

In quell'attimo le si gelò il sangue.

Fu come se il suo cuore avesse smesso di battere e la stanza le fosse crollata sotto ai piedi.

In prima pagina, il vecchio palazzo liberty bruciato, collassato al suo interno e crollato miseramente.

Si intravedeva fra le macerie quell'insegna bianca "...OTTONE" che spuntava dalla cenere.

Fu come se le vene le si fossero svuotate dal sangue, lo stomaco ristretto come un granello di sabbia, gli occhi sbarrati le uscivano dalle orbite.

Non riusciva neanche a respirare.

In basso a destra, la foto di BONARDI ERMANNO.

SPAVENTOSO INCENDIO NEL CUORE DELLA CITTÀ

E sotto:

Un corto circuito incendia Palazzo Buoncompagni, perde la vita il proprietario della storica CASA DEL BOTTONE.

Il treno

di Angela Battelli

Maria è seduta sul divano, rannicchiata in un angolo, sembra che dorma. I suoi occhi smentiscono la prima impressione, sono sbarrati e guardano fisso un punto nel vuoto della cucina. A volte mi chiedo cosa pensi la mia Maria in quei momenti, sono anni che si comporta così. E come un piccolo uccellino dalle ali spezzate, è lì che aspetta trepidante l'ultimo volo che la liberi dal quel tormento.

Ho provato a scuoterla ma nulla di fatto; in effetti mi sento partecipe di questo tormento, uno spettatore inerme.

– Maria, alzati da lì. Andiamo a fare una bella passeggiata.

– Lasciami stare, non me la sento. Sono stanca, la prossima volta.

– Il dottore ha detto che devi camminare, stare all'aria aperta, muoverti, vedere gente.

– No, lasciami in pace.

– Insomma, Maria, vuoi fare la fine del Ghisiola? Io glielo avevo detto "salta", "dai salta", lui mi ha risposto "non ce la faccio, Arturo, sono troppo stanco. Il prossimo...

Il Ghisiola era il mio migliore amico, eravamo partiti assieme a vent'anni per la guerra, eravamo nel corpo degli Alpini. Avevamo molta paura, tanti nostri amici non erano tornati, ma io ero fiducioso. In più, nel corpo degli Alpini, potevo finalmente mollare il lavoro nei campi e cantare. Sì, il canto era la mia passione, partivo con la mia lambretta e andavo a Verona ad ascoltare l'Aida. Mi facevo cullare da quella musica senza tempo e trasportare in epoche lontane.

Nelle notti di guardiola, i miei commilitoni mi dicevano: – Dai, Arturo, cantaci qualcosa.

Vieni o diletta, appressati... schiava non sei né ancella qui dove in dolce...

Ero bravo e riuscivo a trasportarli nel mio mondo; a volte si commuovevano, mi chiedevano chi mi ispirasse e io rispondevo che era una bellissima ragazza con gli occhi azzurri, che avrebbe fatto girare la testa a tutti quanti. Sì, era la mia ragazza segreta, i miei genitori non appoggiavano la nostra relazione, mi avevano già promesso ad un'altra: la proprietaria di una casa di nome Maria. Io amavo Ginevra che, come me, era un vulcano, era gioia, ilarità, energia.

Mia madre mi continuava a ripetere: – Con quella zoppa non ci andrai mai.

Ginevra da piccola si era ammalata di poliomielite e la malattia le aveva lasciato quell'andatura claudicante ma una voglia di vivere che ho conosciuto in ben poche persone.

– Dai, Ghisiola, non piangere. Presto torneremo a casa.

– Non è vero, il comandante ha detto che ci mandano a Cefalonia.

– A Cefalonia? Non ci posso credere, non ho mai visto il mare!

Per la prima mi imbarcai su di una nave, il mare l'ho conosciuto per la prima volta in quel viaggio. A volte era amabile e dolcissimo, sembrava di scivolare su di uno specchio, altri giorni mi cullava. Io adoravo i momenti di burrasca. Mentre i miei compagni erano raggomitolati per gli spasmi di vomito, io cantavo. Mi esaltavano la sua potenza e la sua energia, eravamo entrambi i padroni del mondo.

Arrivammo su quest'isola dalle acque cristalline. Io avevo conosciuto solo il fiume Po dalle acque scure e limacciose e nuotato con il terrore delle sua acque, timoroso dei suoi mulinelli assassini.

Qui l'acqua era limpida, trasparente, accogliente, farci il bagno era una benedizione. In più le donne erano veramente belle, con la pelle ambrata, i denti perlacei. La guerra sembrava lontana, ci sentivamo un po' turisti, la gente con noi era accogliente, eravamo italiani. Gli abitanti sapevano che non avevamo la stoffa dei militari, eravamo amanti della vita. Ma questo momento felice finì, l'Italia si separò dalla Germania ed entrammo in conflitto con i tedeschi. Perdemmo, loro erano nati per uccidere, lottammo con passione, difendemmo le nostre linee ma completamente disorganizzati ed insufficienti come numero.

Io ed il mio amico Ghisiola ci salvammo. Ci imprigionarono e ci spedirono su di una nave in Russia. Della Russia ricordo solo un gran freddo e molta fame, rubavamo patate e cipolle dagli orti, le mangiavamo crude e congelate. Camminavamo tutto il giorno, i piedi erano congelati, avevamo l'abbigliamento di Cefalonia, tanti miei compagni cadevano, si addormentavano e non si risvegliavano più.

Io avevo sempre accanto a me il Ghisiola. Cantavo per non sentire il freddo e la fame.

– Arturo, smettila di cantare, io voglio fermarmi un poco e dormire.

– Smettila, Mario, non possiamo, se ci fermiamo moriamo ed io devo riabbracciare la mia Ginevra .

– Non ce la faremo mai.

– Invece sì.

all'alba trionferò, all'alba io trionferò...

Finalmente arrivò la notizia che la guerra era finita e potevamo tornare a casa.

Un treno merci ci avrebbe portato al confine e da lì gli americani ci avrebbero scortati in Italia.

– Dai, Mario, ci siamo! È finita, è arrivato il nostro treno.

– Muoviti, non fermarti, ci siamo. Eccolo!

– Arturo, mi mancano le forze, non sento le gambe...

– Mario, siamo arrivati fini a qua insieme e insieme torneremo.

Il treno, la nostra salvezza, era arrivato, era un convoglio merci. Non si fermava, bisognava saltarci su, prenderlo al volo anche se eravamo stremati dalla lunga marcia, dal freddo e dal digiuno.

Io saltai su al volo e tesi al mano al mio amico.

– Dai salta, Mario, dai...

– Non riesco, non sento le gambe.

– Forza, Mario...

– Non riesco, Arturo, prendo il prossimo.

– È ora il momento giusto.

– Non riesco, prendo il prossimo. Saluta mia moglie, dille che l'amo e che tornerò presto.

– No, Mario, devi salire!

Il treno si allontanò, lo guadai finché non diventò un piccolo punto in quel mare bianco.

Mario non è più tornato, le sue ultime tracce rimangono su quella banchina vicino al treno. Rimane un militare ignoto e un rimorso nel mio cuore per essere tornato solo.

Non voglio che Maria faccia la stessa fine. Ormai vedo la stessa luce di rassegnazione nei suoi occhi, su quel treno non ci salirà nemmeno lei. L'ho amata a modo mio e lei non ha sopportato. Non so se sono stato un buon marito e un buon padre. Credo che rifarei tutto quello che ho fatto, perché non potrei farne a meno: una vita a metà non fa per me.

Il treno (Angela Battelli)

Frantumi

di Leonardo Lastilla

– Porti giù tu la spazzatura del nostro amore? Gli avanzi della nostra incapacità di conservarlo intatto? – chiese improvvisamente Anselmo rivolto a Luisa. Lo fece tenendo in mano il sacchetto del sudicio, come lo chiamava lui, e con un'inaspettata sfrontatezza che sorprese lui per primo.

Raramente Anselmo apriva varchi diretti nell'intimità dei suoi interlocutori usando bombe a mano emotive. Stavolta lo fece e forse era perché, dopo aver accumulato per mesi le lische di dialoghi privi di gusto e la lordura di giornate irrimediabilmente uguali, l'odore stantio aveva finalmente fatto breccia nelle narici e, arrivato ai suoi polmoni sentimentali, riempiendoli totalmente, non riusciva più a respirare. Una sorta di nausea interiore che lo aveva costretto a reagire.

Con la bocca impastata di rimpianto guardò Luisa dritto negli occhi e ripeté: – Ci pensi tu?

Per alcuni secondi Luisa rimase paralizzata ma non distolse lo sguardo. Poi con una smorfia a metà tra dolore e rivalsa rispose: – Ma che cazzo stai dicendo?

Luisa era una donna che doveva scaldare i motori prima di arrivare a pieni giri e aggredire la strada con tutta la sua rabbia. Partiva piano ma poi sfrecciava avanti a tutti rischiando spesso di schiantarsi. Questa volta però la rabbia arrivò quasi subito e quella risposta la conteneva. D'altronde anche Luisa non era del tutto inconsapevole che il rapporto con Anselmo stesse attraversando territori impervi che fiaccavano qualsiasi tentativo di ricomposizione dell'originaria armonia. Solo che per lei questa monotonia era vissuta come qualcosa di fisiologico dopo tanti anni e perciò lo riteneva un passaggio temporaneo, sicura che prima o poi la fiammella avrebbe ripreso forza.

– Elegante come al solito... – sottolineò Anselmo. E prima che Luisa, con le zanne pronte all'assalto, potesse replicare, continuò: – Sono molto calmo, non voglio litigare né perderci ancora in discussioni vuote e tautologiche. Sto solo constatando un fatto.

– Portala giù tu, allora, la spazzatura! Perché io? Stai insinuando che sia colpa mia? – vociò lei.

Ogni volta che affrontavano una questione, Luisa tirava fuori dalla manica l'asso della colpa e Anselmo non sopportava più questo vittimismo mascherato. Com'erano lontani i tempi in cui credeva che lui e lei fossero sinonimi mentre ora, su qualsiasi cosa, se qualcuno li avesse cercati nel dizionario, li avrebbe trovati fra i contrari. Le prime volte, quando la colpa faceva capolino, Anselmo reagiva con veemenza e le discussioni si tramutavano inevitabilmente in assalti verbali all'arma bianca. E leccarsi poi le ferite non era tutta questa meraviglia. Adesso reagiva con mutismo che poi era la cifra di tutto il loro rapporto da qualche mese a questa parte.

"Come può l'amore mutare in mutismo?" si chiedeva Anselmo.

Non voleva accettare che quello fosse il destino dell'amore. Guardandosi intorno, tuttavia, tra amici e conoscenti, gli pareva che quasi tutti ne fossero vittime. Non si andava oltre i saluti e le comunicazioni necessarie a portare avanti la sfera quotidiana: spesa, spese, scuola, figli, lavoro, vacanze. Tutti gli accessori che accompagnano l'abito da indossare giorno per giorno. Ma, secondo Anselmo, mancava l'essenziale ovvero una vera e condivisa partecipazione emotiva e sentimentale anche nel fare le piccole cose, invece di farle con freddi automatismi. Soprattutto mancava un profondo e sincero confronto su idee, visioni, pensieri che superasse le stantie e comode prese di posizione arrugginite da anni perché abbandonate nelle cantine buie della pigrizia e dell'auto compiacimento.

Anselmo non amava i difensivi *cul-de-sac* intellettuali in cui tanti si rifugiavano. Lui amava la strada e amava scoprirne di nuove. Ripensando all'amore, ad esempio, ritornava con la mente al primo bacio con Luisa. Credeva, e aveva sentito con gioia, che il primo bacio è come la prima volta che impari a camminare: non hai una meta ma solo il desiderio di andare. Senza fregartene di cadere. E così fu con Luisa. Un'esplorazione curiosa e sensuale senza freni.

– Perché parli sempre di colpa, santo Dio! – rispose infine. – Non mi importa nulla della colpa. Camminiamo da mesi sui vetri rotti del nostro frantumato amore e mi sono stufato di tagliarmi i piedi e passare le serate a disinfettare e incerottare. È colpa mia se vuoi, ma parlare di colpa non è un modo intelligente di affrontare tutto questo.

Luisa non poteva non essere d'accordo ma l'orgoglio per qualcosa in cui aveva veramente creduto ebbe la meglio di lei: – Vorresti che ci lasciassimo, quindi? Che finisse tutto? Dopo tutti questi anni? Siamo stati benissimo insieme, Anselmo, e se adesso le cose vanno meno bene, non mi sembra il caso di farne una tragedia. – E lo disse con un misto di tenerezza e rassegnazione.

– Hai usato il passato, Luisa, e anche io l'ho fatto. Non capisci che è quando cominci a parlare al passato che ti accorgi che non c'e' più quel passato? Mi sento come se il tuo amore mi avesse accompagnato fin sotto casa, davanti al portone dei miei occhi, ma non è salito quando gliel'ho chiesto. È rimasto fuori. Non so spiegarti perché, ma è così. Il nostro sogno è stato dirottato e si è schiantato contro l'idea dell'anima gemella, che è solo una narrazione costruita ad arte.

Luisa si perse difronte a questa cervellotica disamina. Aveva amato da subito la profondità poetica di Anselmo e la sua capacità di andare a fondo delle cose anche quando le sue teorie si ingarbugliavano. Ma adesso che era lei, erano loro, l'oggetto di tali digressioni, le amava molto meno e provava quasi repulsione.

– Ti sei bevuto il cervello? Di che parli? Chi avrebbe dirottato cosa? Non ti capisco, Anselmo. Se vuoi che ci lasciamo dillo chiaramente ma non ho bisogno di queste divagazioni o di giudizi sommari.

– Esatto, Luisa: non ci capiamo più. È questo il punto. Ma la domanda è: ci siamo mai capiti? Oppure prima funzionava perché la mancanza di comprensione era coperta dalla passione e dal desiderio? Dove finisce la passione e inizia la comprensione? Non dovrebbero stare insieme? Non dovrebbe essere questo l'amore? Passione nella comprensione o comprensione nella passione se preferisci. Se non c'è stata, forse non ci siamo amati davvero. Forse era solo un'illusione. Ci siamo lasciati confondere da una visione ostruita. Siamo entrambi responsabili.

Al sentire tutto ciò, Luisa si alzò, raccolse le lacrime che già stavano scendendo e andò in camera per chiudersi dentro a chiave. Per un attimo Anselmo si immaginò di andarle dietro, bussare alla porta e chiederle di parlare. Non lo fece, non ne aveva l'energia. Era un uomo fiaccato dalla pesantezza di un disagio interiore che lo aveva divorato e che si era mangiato tutto dentro di lui. Questo scambio fra Anselmo e Luisa fu il più lungo degli ultimi mesi. Ma anche il più autentico e perciò il più doloroso. Il dolore appunto, l'unica condizione che ci ricorda il nostro essere umani e ci fa rimanere tali.

Anselmo e Luisa erano profondamente soli anche se stavano insieme. Insieme erano una versione abbreviata e non integrale di loro stessi. Solo una lettura completa tuttavia può dare senso all'esistenza, individuale o di coppia. Entrambi avevano creduto che bastasse la manutenzione ordinaria per tenere in piedi un rapporto e non soccombere agli invadenti stress che sbucavano da ogni angolo. La vita sembrava facile perché al giorno d'oggi tanti strumenti più o meno scientifico-tecnologici la semplificano e la rendono più accessibile. Ma nessuno strumento potrà mai soddisfare o facilitare gli aneliti spirituali ed emotivi delle persone. Quelli richiedono manutenzione straordinaria e può essere fatta solo dalle persone stesse. Ma mentre Luisa accettava questa imperfezione e, forse accontentandosi troppo, la riteneva passeggera e non determinante, per Anselmo tutto ciò era emotivamente insopportabile e non riusciva, non c'era mai riuscito, a rassegnarsi a certe lacune. Soprattutto non tollerava l'idea che fossero inevitabili e non si facesse nulla per superarle. L'arrendevolezza e l'apatia che percepiva intorno a lui lo scoraggiavano. Per questo si arrese anche lui, non volendo essere il solo a tirare il gruppo senza ricevere il cambio per arrivare al traguardo. Si sentiva sconfitto, dalla vita e da se stesso. Qualcosa era esploso dentro di lui, sminuzzandogli l'anima. Ma cosa era questo qualcosa? Non avrebbe saputo definirlo ma era lì, un gufo sulla spalla, una freccia piantata nel piatto che lo faceva sanguinare copiosamente ma che non poteva togliere.

Andò quindi nello studio. Prese un foglio carta e scrisse: *Morire sarebbe tragico solo perché non potrei più pensare a te. E se potessi scegliere, vorrei andarmene in piena estate nel picco di sole, gli occhi chiusi e il sorriso scottato e inebetito, e questo ultimo pensiero: il tuo primo bacio sulla bocca. Ma non sono più felice e non riesco più ad aspettare. So che non mi perdonerai e non te lo chiedo infatti.*

Aprì la finestra e, andato sul balcone, si gettò.

In camera, Luisa percepì vagamente un tonfo ma non si mosse. Solamente quando sentì le sirene dell'ambulanza, chiamata da qualche passante, abbandonò la stanza e si diresse verso quello stesso balcone da dove Anselmo si era lanciato. Guardo giù e, vicino al cassonetto della spazzatura, riconobbe nitidamente Anselmo. E quella fu l'unica volta in tutti gli anni insieme che lo fece.

GLI AUTORI

Angela Battelli è nata a Mantova nel 1976, città a cui è molto legata e dove abita tuttora. Appassionata di letteratura di vario genere, spazia dal genere horror ai grandi classici.
La passione per la scrittura è nata da un paio d'anni come filo conduttore per la propria storia familiare. I personaggi da lei descritti sono radici del suo passato di cui non vuole si perdano le tracce, una ricerca, una riscrittura nel presente delle proprie origini.
In questo viaggio interiore le parole si legano alle immagini, da qui la passione per la fotografia e la psicologia junghiana di cui trae ispirazione dai sogni per i soggetti da lei intagliati con il legno. Si diletta in teatro nella compagnia "Teatro Controvento" come attrice.

Francesca Cammisa si è laureata in Letteratura Brasiliana presso l'università di Roma La Sapienza. Nel frattempo ha frequentato un corso di Teatro e Doppiaggio e lavorato sporadicamente in tale ambito (Radio, teatro, doppiaggio, audio racconti, letture pubbliche). Attualmente è impiegata nel campo della ricerca presso un ente pubblico, ma negli anni ha continuato a coltivare le sue passioni: scrivere racconti, lavorare con la voce, realizzare videolavori. Ama i libri, la musica,

il cinema, il teatro e la fotografia. Ha creato e cura un blog *Per il mondo mondicchiando* in cui ha radunato tutte queste passioni.
Vincitrice e/o finalista in tredici concorsi letterari. I suoi racconti sono pubblicati in un libro dell'autrice stessa e in nove antologie di AAVV.

Irene Dall'Oca nasce a Mantova nel 1981. Dopo il liceo nella sua città, si trasferisce temporaneamente a Milano per alcuni anni e si laurea in Scienze Politiche. Sposata e mamma di una bimba, si dedica quotidianamente alla famiglia e al lavoro, coltivando l'hobby della lettura dei grandi scrittori classici italiani e dei puzzle da migliaia di pezzi.
Da sempre curiosa esploratrice dei gesti e dei linguaggi delle persone, dopo una dolorosa vicenda personale inizia a trascrivere e rielaborare gli appunti di eventi autobiografici, incontri, pensieri fulminei e impressioni da cui trae ispirazione per i suoi racconti.

Lettrice, motociclista e viaggiatrice "zaino in spalla", amante di musica, arte, cibo e gatti, spirito pagano, **Laura Esposito** inizia da giovanissima ad appassionarsi alla letteratura con una voracità sincera e poliedrica, tuttavia il suo approccio alla scrittura è recente, una necessità a lungo sopita ma spesso sollecitata dalle persone care.
Dice di sé: "Davanti agli eventi importanti della vita, percepisco lo stesso stato di precarietà e incertezza di

quando andavo a sostenere l'ennesimo esame all'università".
I racconti già pubblicati: *Profumo di scarico*; *Agosto 2002*.
I racconti che hanno vinto qualcosa: *Il fantasma*; *Di come Boobs finì in gattabuia*.
I racconti migliori: quelli che non vuole scrivere.

Manuela Fucci è nata a Napoli nel 1973. Ha seguito un incessante percorso di scrittura e lettura nonostante l'impronta giuridica. Grazie agli scampoli di tempo a disposizione si è dedicata con passione e costanza a seguire corsi di scrittura creativa, costruendo storie e personaggi tratti dalla vita reale e non. Per l'autrice Napoli ha sempre rappresentato un panorama ricco di spunti e informazioni. Ama passeggiare per i vicoli della città con il suo meticcio e talvolta, l'occasione di un caffè può trasformarsi in una vera e propria avventura da scrivere. Ad oggi ha già pubblicato diversi racconti con diverse case editrici.

Ettore Goffi nasce a Montichiari (BS) nel 1963.
Laureato in Lingue e Letterature Straniere Moderne, è pittore, scrittore e professore di liceo. Inoltre, è un discreto musicista alla chitarra e al flauto traverso. Ha pubblicato saggi filosofici in ambito ispanico e interventi e saggi in ambito estetico: *Ettore Goffi ... infinito tu, infiniti noi...* Pagnini Editore, Firenze, 2011, *La Bellezza dischiusa*, Prinp Editore, Torino, 2015, *Di Cieli, arte...*

economia, Effatà Editrice, Torino, 2022. Dal 1993 ha esposto in Italia e all'estero partecipando a biennali d'Arte Contemporanea, ad eventi e laboratori internazionali. Ha ideato e coordinato *Traslazioni. Esperienze d'arte alla luce del carisma dell'unità* (Verona, cripta inferiore di S. Fermo Maggiore, febbraio 2020).

Leonardo Lastilla è nato a Milano ma è cresciuto a Firenze. I suoi interessi e la sua curiosità lo hanno portato a risiedere in diversi luoghi tra cui Dublino e Roma. Ha conseguito il Master in Lettere e Filosofia presso l'Università di Firenze e il Ph.D. in Letteratura italiana presso l'University College Dublin. Leonardo Lastilla è insegnante e professore di Lingua e letteratura italiana, Scrittura di viaggi, Letteratura inglese e Lettere e Filosofia da oltre vent'anni. Ha lavorato in molte scuole, istituzioni e università, soprattutto americane in Italia. Attualmente Leonardo Lastilla risiede ad Empoli e lavora a Firenze con diverse scuole. Leonardo è anche poeta e autore. Molte delle sue opere, compresi i suoi saggi letterari, sono state pubblicate in volumi, riviste e giornali. Parla correntemente inglese e francese. Oltre alla scrittura, Leonardo ama la musica, la lettura, il calcio e lo sport in generale. Ama viaggiare perché condivide con Henry James l'importanza dell'esperienza di prima mano: "Non importa niente di quello che qualcuno ti dice di qualcun altro. Giudica tutti e tutto per te stesso".

Vittorio Martucci è Bibliotecario di formazione scientifica, si è dedicato a studi di storia della biologia e di zoologia storica. In tali settori ha pubblicato vari libri, e saggi su riviste internazionali.
In campo letterario, oltre a numerosi racconti che hanno ottenuto segnalazioni e riconoscimenti, ha vinto il Premo letterario internazionale Salvatore Piccoli per la narrativa 2016/2017 con il romanzo *Viva Verdi!*
Un suo racconto giallo è già stato accolto in una delle antologie curate dall'editore Terebinto.

Ignazio Pallini nasce nel piccolo paese abruzzese di Atri, in provincia di Teramo, nel 1979. Dopo aver conseguito il diploma nella città di Chieti, decide di partire alla volta di Bologna per frequentare la facoltà di Ingegneria e qui si laurea nel 2005. Attualmente vive a Imola con la compagna e la figlia di cinque anni e continua a lavorare come ingegnere chimico, coltivando nel frattempo la sua passione per la letteratura. Da sempre gran lettore e amante di tutti i generi narrativi, decide di iniziare a scrivere una sorta di diario-sfogo che, dopo alcuni anni di gestazione, diventerà "Vittime e carnefici", il suo romanzo d'esordio.

Diana Reydych è nata vecchia, ma è diventata mamma in giovane età. Adesso corre verso l'infanzia, rimanendo comunque un po' anziana dentro. Ha sempre escluso che avrebbe scritto qualcosa che non fosse la recensione di una lettura da semplice appassionata o qualche ispirato stato su Facebook.

Questa è la prova che è una persona tranquilla, ma capace di imprevedibili ed a volte sorprendenti colpi di matto (d'altronde da una che da piccola si arrampicava sui muretti dei balconi e sui davanzali delle finestre di casa sua al sesto piano, cosa ci si può aspettare... ah giusto, nessuno lo sapeva!).
Ama le lingue straniere, la storia e l'arte ed ha una "leggera" dipendenza da sfide letterarie, gruppi di lettura ed acquisto compulsivo di libri (o prestito selvaggio in biblioteca).

Alessandro Tozzola nasce a Castel San Pietro Terme nel 1996. Durante gli studi liceali inizia a scrivere i suoi primi racconti, passione che continua a maturare anche durante gli studi presso la facoltà di Tecniche Ortopediche a Bologna, in cui si laurea nel 2018. Nello stesso anno entra a far parte di Pegaso e Dintorni, associazione culturale di Castel San Pietro Terme. Con la casa editrice Historica pubblica i racconti "*Il pescatore*" all'interno dell'antologia *Racconti Emiliano-Romagnoli 2019, "Diario di un foie-gras umano: ovvero, una storia culinaria sull'assurdo" (Racconti a tavola, 2020), "Il passeggero che viveva nel sonno" (Racconti da sogno, 2020), "Specchi deformanti" (Racconti a tavola, 2021) e "Lo scheletro nell'armadio"(Racconti liberi, 2021);* Con la casa editrice Terebinto pubblica il racconto *"Un fantasma e la ragazza della panchina" (Le insidie del tempo, 2020).*

Tutti quelli che scrivono di delitti lo fanno per non commetterne. A volte, pubblicano anche. **Francesco Tranquilli**, oltre a scrivere, fa il traduttore, l'attore e il regista. Ha pubblicato tre romanzi: *Blackout* (2009), *Sulla corda* (2010) e *Dopo un breve sonno* (2022); tutti a vario titolo fra il giallo il suspense e il noir. Nell'autunno prossimo uscirà una sua raccolta di racconti dal titolo *La morte sa tutto*. Il racconto *Bimbo* è stato scritto e recitato da lui nel 2018 per il Concorso *Giallocarta*, che ha vinto nel 2009 e di cui ora è uno dei giurati. È anche autore del *saggio Contro la lettura* (2014) e della raccolta poetica *Corrispondenze. 30 sonetti erotici illustrati* (2021). Forse è giunta l'ora di togliere di mezzo lui.

Rubina Valli è nata a Mantova nel 1981. Madre di due figlie, ha vissuto dieci anni a Stoccolma prima di tornare nella sua città d'origine, dove lavora come insegnante a scuola e in carcere. Laureata in lingue e letterature russa e inglese, è specializzata in didattica dell'italiano agli stranieri, in pedagogia della marginalità e della devianza, in educazione interculturale e in pedagogia penitenziaria. È cultrice della materia in letteratura inglese all'Università di Verona. Una sua poesia ha ricevuto una menzione speciale al concorso "On the Road" indetto dall'Accademia Mondiale della Poesia di Verona nel 2019. Un suo racconto è stato premiato all'edizione 2017 del Concorso "Il Sigillo" dell'Università Popolare di Padova, presidente di giuria Antonia Arslan. La sua raccolta di poesie "Confini" ha vinto il premio "Riscontri

Poetici 2018" dell'associazione culturale Riscontri, ed è stata pubblicata nel 2020 dall'editore Terebinto. Il ricavato dei diritti d'autore è devoluto all'associazione "Stayaleeve", impegnata contro il suicidio giovanile.

Carolina Zanotti nasce all'inizio degli anni Novanta nella bassa bergamasca; sviluppa fin da giovane la passione per la scrittura: ha sempre scritto i propri pensieri in forma privata, non trovando mai il coraggio di pubblicarli. Grazie agli studi in ambito umanistico e alla frequenza di un corso di scrittura creativa, inizia a partecipare a concorsi letterari e pubblicare i primi racconti dall'atmosfera onirica, quasi una fotografia su spaccati di vita di personaggi che potrebbero essere i nostri insospettabili vicini di casa.

Collana

Riscontri Realistici

1. *Le insidie del tempo. Storie di errori, rimpianti, riscatti, redenzioni, nuove consapevolezze* (a cura di Antonella Russoniello)

2. *La danza delle ombre. Trame di inchiostro nero* (a cura di Emilia Dente)

3. *Anime di cristallo. Frammenti di vita e parole* (a cura di Emilia Dente)

RIVISTA DI CULTURA E DI ATTUALITÀ

fondata da Mario Gabriele Giordano nel 1979

Quando la cultura è attualità
e l'attualità è cultura

Fondata nel 1979 da Mario Gabriele Giordano, "Riscontri", la Rivista che Mario Pomilio ebbe a definire "bella e severa", ha sempre conservato la sua fondamentale connotazione così originariamente definita nell'Editoriale programmatico: «la fede in una cultura che non sia strumento in rapporto a fini prestabiliti, ma coscienza critica della realtà; non filiazione di precostituite ideologie, ma matrice di fatti e di comportamenti anche etici e politici: che insomma proceda e operi nel vivo della comunità civile non per dogmi ma per riscontri».

Lontana dagli eccessi della specializzazione e al di fuori di ogni condizionamento che non consista nel rigore scientifico e nell'onestà intellettuale dei contributi, "Riscontri" mantiene da più di quarant'anni l'approccio globale al mondo della cultura e dell'attualità che l'ha resa celebre anche oltre i confini nazionali.

Scopri di più su

www.riscontri.net

Abbonamenti

Per il 2022, Cartaceo € 50; Digitale, € 20

Bonifico bancario
(IBAN: IT43X0306915102100000004716)
Paypal (ilterebintoedizioni@libero.it)

Il Terebinto Edizioni è una casa editrice indipendente fondata ad Avellino nel 2011 dal desiderio di preservare e di dare nuovo slancio alla ricerca storica, con particolare attenzione alla storia meridionale.

Grazie ai molti lettori che hanno sostenuto fin da subito, in edicola e in libreria, la nuova inizativa editoriale, il Terebinto ha sviluppato negli anni la sua attività aprendo il catalogo anche alla narrativa e alla poesia. A quest'ultima sono state dedicate diverse collane tra cui "Carmina Moderna" che ha fatto da volano per l'organizzazione dei concorsi nazionali "Riscontri Letterari" e "Riscontri Poetici".

Per scoprire di più su di noi
e per consultare il catalogo

inquadra il codice QR

o visita il sito www.terebintoedizioni.it

www.ingramcontent.com/pod-product-compliance
Lightning Source LLC
LaVergne TN
LVHW041102150826
845673LV00007B/1881

* 9 7 8 8 8 3 1 3 4 0 5 4 0 *